U0126990

はるのとうぞく

春天的盗贼

[日] 太宰治 著

程亮 译

中国出版集团　现代出版社

图书在版编目（CIP）数据

春天的盗贼 /（日）太宰治著；程亮译. —北京：
现代出版社，2023.4

ISBN 978-7-5231-0117-9

Ⅰ. ①春… Ⅱ. ①太…②程… Ⅲ. ①短篇小说—小
说集—日本—现代 Ⅳ. ①I313.45

中国国家版本馆CIP数据核字（2023）第031914号

春天的盗贼

作　　者：[日]太宰治
译　　者：程　亮
责任编辑：申　晶
出版发行：现代出版社
通信地址：北京市安定门外安华里504号
邮政编码：100011
电　　话：010-64267325　64245264（兼传真）
网　　址：www.1980xd.com
印　　刷：固安兰星球彩色印刷有限公司

开　　本：880mm×1230mm　1/32
印　　张：9
字　　数：164千字
版　　次：2023年4月第1版
印　　次：2023年4月第1次印刷
书　　号：ISBN 978-7-5231-0117-9
定　　价：49.80元

版权所有，翻印必究；未经许可，不得转载

目录

春天的盗贼

——我为狱中吟。

希望读者别抱太大期待，这故事也许没那么有趣。毫无疑问，这是一个关于小偷的故事，但内容并非著名大盗的生涯，而只是我一人的贫乏的经验之谈。当然，不是说我做过贼。我五年前生病时，曾厚颜给各地的朋友寄信借钱，累计达二百余元，直到五年后的现在，我仍无力偿还。借钱不还，无异于欺诈，朋友却非但不去状告我，路上遇见了，反而还来慰问我："嘿，身体可还好吗？"必须还钱！我从不曾忘记。请再等等，我一定会恢复明朗的。我素来不善自辩，尤其是在这样的作品上为自己的私生活找借口，显然是歪门邪道。在我看来，艺术作品就该有别于他物，必须慎重对待。我或许正在成为那种故事至上主义者。与私生活有关的过失，只能在私生活上实际表现出来。等着瞧吧，我很快就能问心无愧地同诸君谈笑风生。那是一个毫不作伪、明显败兴的死心眼的约定，但我现在所以如此粗暴地自白，只因我想声明：我固然犯了借钱未还之罪，但从没做过贼。我，没做过贼。听上去似乎执拗得可笑，但我这么说也不无原因。说到底，我是被误解了。很荒谬。我承受着五六个不堪启齿的可怕的形容词，这是我的错。最先想出那些形容词，将其作为我的王冠并扬扬得意的不是别人，正是我自己。不知是谁教我的说法，但我以前确实一直相信，在艺术的世界里，越是恶德之辈就越威风。上高中时，倘有人脸颊上带着打架留下的伤疤，蓬头垢面，身穿破旧西装，酩酊大醉，放声朗吟，在大道上阔步横行，那人便是英雄，是 The Almighty[1]，甚至是成功者。我曾以为，艺术的世界同样如此。真丢脸。

　　我的恶德，全是赝品。我必须承认，那只是惺惺作态。其实，我这人小心翼翼，天真软弱，多少有点头脑迟钝，甚至不喝酒就不敢正视别人，可以说，我是个胆怯的、低下的孩子。我这人读大仲马的大罗曼史时为之狂热，勃然变色冲出书斋，大声疾呼"交友当选达达尼昂[2]"跳进酒馆，真让人受不了。糟透了，完全是仅以身免。

　　重蹈覆辙的人是笨蛋，倨傲而无自知之明。这回我也小心

---

[1]　意为万能的上帝。——译者注
[2]　在大仲马的火枪手三部曲中登场的主角，性格幽默孤傲。——译者注

了，披甲戴盔武装自己。穿了两三件铠甲，过犹不及，动弹不得，半步也没出房间。来探望的某客人一不留神脱口说出"废人"二字，我听了果然还是不悦。

现在，我赤身裸体，趿着凉鞋，手持一面相当结实的盾牌。我现在对舆论很警惕。"我何尝对民众犯过什么罪呢，现在人们却说我已完全不是民众之友。在舆论中，一个人居然这么容易被误解，真叫人吃惊，实在叫人吃惊。"——便是歌德那样的人，不也会向埃克曼①大倒苦水吗？此外，我从小就对作家哥尔德斯密斯②喜欢得不得了，这位作家一生只尊敬一个人，便是维克菲尔德牧师，即其本人所著小说中的登场人物之一。他只尊敬那家伙，无比尊敬。那家伙实在是个了不起的牧师，我也暗自敬慕。这位了不起的牧师，某日去马市售卖自己心爱的老马，让马走起各种步子给商人们看，商人们却纷纷出言贬损，将其爱马批评得一无是处。"我自己也终于开始对这匹可怜的动物感到由衷的蔑视，一旦有买主靠近，我就觉得难为情。"他坦言，"我并非完全信了大家的话，但证人的数量之多，使我不得不认为，在如此有力的证据下，足以推断他们所说是正确的。圣格里高

---

① 约翰·彼得·埃克曼（J.P.Eckermann, 1792—1854），德国作家。一生研究歌德，并与歌德结缘，曾长期担任歌德的秘书，著有《歌德谈话录》。——译者注

② 奥利弗·哥尔德斯密斯（Oliver Goldsmith, 1728—1774），英国剧作家。代表作有《善性之人》《屈身求爱》等。——译者注

利① 对于善行似乎也陈述了同样的意见不是吗？"他十分沮丧，叹息不已。品德崇高如维克菲尔德牧师者尚且如此，何况我这种无德无才的贫书生，是绝对做不到无视舆论的。非但不能无视，还一直在为舆论而活。可怜啊，我的歌，以虚荣开始，以喝彩结束，成了年少浮躁的急于求成。一时冲动咒骂自己过去的过失，成何体统。不觉得讨厌吗？那装模作样如临终悔悟般的神情，和救世军还是什么的很像哟。还有，挨了训斥的歌舞伎舞蹈演员，不停搔着头说："原来如此，越想越发觉，咱们想得太浅了，嘿嘿。"于是什么都不去想，只顾讨好主人。不像吗？不像吗？担心。

不像。一点也不像，完全不一样。我实际尝试过走进自己的死胡同，迷失其中，呻吟不绝，然后蹒跚而返。更重要的是，我的所谓死胡同，不过是生活上的，绝非作品上的。关于这五六年来持续发表的数十篇小说，我至今无愧。我时常重读那些小说，有时自认为写得很好，但必须除去其中的两三篇病中手记。只是"除去"，绝非——第二次使用"绝非"一词——"除外"。现在重读那些作品，会发现许多意义不明之处散落其中，仅此一点，就让我不得不大感羞惭。这在我来看确是不光彩的作品。

---

① 罗马教皇的称号。——译者注

但是，倘因为我一如既往地支持那数十篇小说，便以为我很幼稚，那就大错特错了。我最近经过再次深思后认为，我对作品的鉴定眼光绝非——第三次使用"绝非"一词——浪得虚名。我虽一无是处，但至少喜欢文学，堪称胜过一日三餐，在我未必只是比喻。事实上，若遇见好作品，即使一日三餐只吃一顿，我也会读得出神，并不感到痛苦。我就是这么傻。当我认清自己后，我再次意识到要重视舆论。以前，舆论是我的生活的全部，所以它令我提心吊胆，哪怕我故意装作漠不关心，出于对舆论的反抗，我反而变得狂暴起来，别人说该右行，我偏要向左走，以此努力夸示自己的高明。但现在，无论对上谁，都是一对一。这既是我的自信，也是我的谦逊。对上任何人，我都不能输。诸如让出胜利之类的想法，是何等傲慢且卑劣的精神啊。没有什么让或不让。所谓胜利，即是相当的努力。一个人倘果真空虚了自身，不得不为某个亲戚——比如一个无聊之人——背负起生活上的责任，有这样的宿业在身，则此人是不会有丁点余裕的。针对舆论，歌德给我们上了很好的一课。我最近把歌德当作自己仰慕的老师，一心向他学习。歌德活了很久，仅凭这一点，我就觉得他比克莱斯特①、透谷②更可靠，有

① 海因里希·冯·克莱斯特（Heinrich von Kleist, 1777—1811），德国剧作家、诗人、小说家。代表作有《破瓮记》《彭忒西勒亚》等。——译者注
② 北村透谷（1868—1894），日本诗人、文艺评论家。代表作有《楚囚之诗》《蓬莱曲》《厌世诗家与女性》等。——译者注

很多地方值得学习。一个对自身才能和学识都绝望了的穷作家，现在似乎已经放弃一切，正暗自琢磨健康之法，希望至少可以靠长寿来弥补。"但无论如何，"歌德对埃克曼叹了口气，宣布结论，"说到底，限制、孤立自己，才是最好的办法。"

歌德的这一结论，在我，在我这样的见异思迁的作家，诚可谓一针见血。我带着数量极多、各种各样的猎犬——也许是世上所有种属的猎犬——意气风发地外出狩猎，然而刚走出家门几步，转眼间，那数百条猎犬便各自四散，身穿猎装扮相华丽的年轻主人，顿时不知所措，当即摔了一大跤。这是自然的。从那以后，我努力将这些高价购来的猎犬一一撒手，任其离去。连那些跟我不亲但十分优秀的良种猎犬，我都含泪撒手了。是谁撒的手？当然是我。不过，有两三条猎犬是舆论迫使我撒手的。

在小说中让一个称为"我"的人物登场时，须有相当慎重的思想准备。在这个国家，人们觉得虚构作品的这种倾向更强烈，其实无论哪国人，从很早以前就有一种恶癖，他们深信那是作者的丑闻，并假装优雅，行非难、悯笑之举。这确实是恶癖。我现在想起来了，连普希金那样自由奔放的诗人，在讲述《叶甫盖尼·奥涅金》的故事时，主人公也不是"我"。"我"是另一个完全无趣的人，奥涅金不是"我"。那种事，都不厌其烦地拒绝了。还有，连毕生追求永恒之爱的陀思妥耶夫斯基，为其作品的主人公起名，也都是拉斯柯尔尼科夫、德米特里之类的名字，绝不会出现"我"。纵使偶尔出现，也会被叙述成一个性格凡庸、温和、善良得令人恨铁不成钢的旁观者，完全被排除在故事之外。譬如道尔①笔下那位著名侦探的名字，倘若为了更迫近真实感，不使用夏洛克·福尔摩斯，而换成"我"，他未必还能那般安享晚年。

便是私小说，作者大抵也是把自己写成"好孩子"。有哪一部自传体小说的主人公不是"好孩子"吗？我记得，连芥川龙之介也在其生涯的某个时刻写过这样的述怀。事实上，我正是被这样的疑问所困扰，才试着想把"我"这个主人公描绘成一个本性最为恶劣的魔鬼。我认为，相较于生硬地成为"好孩子"，引起人们的同情，这样做反而更纯洁。然而行不通，现世似乎自有其限度。便是梅里美②、果戈理③那样的人，生前也不敢这么做，只有后人才会评论说，那小说中的魔鬼是果戈理本人，或是梅里美本人的残忍性，而既然已成古典，便怎样都无所谓了。不过，无论梅里美还是果戈理，——现在我又颇突兀地想到，

---

① 阿瑟·柯南·道尔（Arthur Conan Doyle, 1859—1930），英国小说家。代表作有《福尔摩斯探案集》等。——译者注

② 普罗斯佩·梅里美（Prosper Merimee, 1803—1870），法国现实主义作家、剧作家、历史学家。代表作有《马特奥·法尔戈内》《卡门》等。——译者注

③ 尼古莱·瓦西里耶维奇·果戈理（Nikolai Vasilievich Gogol-Anovskii, 1809—1852），俄国批判主义作家。代表作有《死魂灵》《钦差大臣》等。——译者注

便是夏多布里昂[1]、帕斯卡[2]那样的大人物，也不知曾多么顾忌当时的舆论，坚持进行着何等不为人知的恶战苦斗。注意到这一点，我心酸得甚至想哭。

细细想来，纠正舆论可不是一般的任务。我没有可利用的地位、权力、金钱，什么都没有，只凭一支笔，像这样边思考边一个字、一个字地写，然后订正，所以是指望不上的。实际上，烧毁只要一瞬，建设却需百年。我的确没用。我本打算成为一个活生生的古典人，本以为自己能做到，蠢得可怜。从今以后，对舆论也要充分注意了，该听的就接受，错误的就改正。

这不还是私生活上的内容吗？方才你分明说过，在故事里附加私生活上的辩解是歪门邪道，不矛盾吗？不矛盾。既然马上就要进入小说的世界，读者便该注意了。

正如方才所说，恢复不是件容易的事。至于原因，我既然讲小偷的故事，这种程度的婉曲托词就很有必要。与其说是在作品中，不如说是在关于现实生活以及我的性格、体质的恶评中，我败北了，所以现在即使讲一个虚构的故事，这种程度的谨慎也是必要的。能把虚构作品当虚构作品去爱的人，是幸运的，只不过，并非世上所有人都那么机灵。

---

[1] 弗朗索瓦－勒内·德·夏多布里昂（François-René de Chateaubriand, 1768—1848），法国作家、政治家。代表作有《基督教真谛》《阿达拉》《勒内》等。——译者注
[2] 布莱士·帕斯卡（Blaise Pascal, 1623—1662），法国数学家、物理学家、哲学家、散文家。代表作有《思想录》。——译者注

其实，为了讲这个故事，我原打算像煞有介事地坦白我因缺钱而当小偷时的经验之谈。那大概的确是一篇写实的、有趣的故事吧。我的虚构太过谨慎细致，总有许多人怀疑"或许是真的？"，甚至我自己也感到不安，因此，我至今仍在辜负亲人的信任。我等纵然蒙冤站上法庭，也有可能在检察官的勒令下，坦白数十倍于此罪的、应被处以极刑的罪状。本是无形的犯罪，但当时我的陈述过于细致入微，太过逼真，检察官也许会由此认定罪状明白、证据充分，让我吃一大亏。这大概是我二十多年来一直无所事事只顾埋头苦读无用的故事书的结果吧。我必须在一定程度上拯救自己那所谓沁入骨髓的浪漫主义。我必须了解一切事物的限度，多少有必要化身庸人。毕竟，痛苦的是，我现下所处的态势，迫使我必须活到六七十岁，成为人们口中的"耆宿"。我曾和许多人立下这样的约定。别嘲笑我。当前，甚至有几人是我有义务必须照顾的。极少数品位高尚的读者，一定会暗暗惋惜我的骨头变硬了："那太谢谢了。你总是那么善良。请保重，请永远健康地生活下去。"但我不能什么都不做，就这样对你撒娇。我若继续沉默，明天连自己都没法糊口了。唉，我现在要是个小富翁该多好！出于各种各样的原因，我不得不放弃了那个我本人潜入湖畔某古堡的令人战栗的恶德故事。在那古堡里，有一位很像奥菲利娅的美丽而孤独的千金小姐，但我现在什么也不说。一旦来了兴致，照例得意忘形，细致入微地讲述起我当小偷的经验之谈，人们就该暗地里窃窃私语，说"反正是那家伙做过的事，他也许真当过小偷"，届时我不知又会背上何等意想不到的污名。因此，像这样的故事，只能等我的地位变得更高贵些，等到针对我的人格的舆论不那么恶劣了，至少可以让我如实传达现在的真实生活，届时我才会大胆地用"我"做主人公，为大家呈现所有恶德的典范。现在不行。尽管很难过，但是不行。

下一篇故事，也是虚构的。我昨晚遭贼了。然后，那是骗人的。统统都是谎言。不得不如此托词的我，实在愚蠢。独自窃笑。

昨晚，我吓坏了，可不是因为闹着玩的小事，实在吃了一惊。我生平头一次遭贼了。而且荒唐的是，我甚至试着和那小偷一问一答。夸张点说，我俩面对面，深入地交谈了一整夜。并不是说，我生来就跟小偷这一种属的人很熟，不是开玩笑，真的生平头一次见到小偷。上初四那年，我从头至尾清清楚楚地目睹过一场火灾，但小偷还是头一次见。那场火灾也很不可思议。邻居家业已燃起大火，我却不知怎的，始终心不在焉，于二楼窗畔托着腮帮子，茫然坐视。那是秋末的一个早晨，大火清晰可见，仿佛触手可及，实际上，当时邻居家烧着的屋檐，与我托腮帮子的窗沿之间，相距不足四米远，火甚至很快蔓延到了邻居家檐前的柿子树，枯叶齐燃，发出格外清爽的唰唰声，然后皱巴巴地萎缩成黢黑的一团，其中一根枝条，离我所在的二楼窗户极近，当真只要伸伸手就能折下来。就在真正的咫尺之间，我目睹了那场火灾。火焰燃烧的顺序很有趣，初时，青白色的火焰像老鼠一样沿着檐端哧溜哧溜地奔行，三角形的小火苗呈锯齿状排成一列闪耀着，好像点亮了煤气灯，然后突然消失不见。大约是檐端的木材受热先点燃了，青白色的火焰沿着檐端迅速伸展开来，跟着又骤然收缩，火焰的队列变短，然后再度迅速伸长。出去，回来，如此反复五六次后，房檐轰的一声，齐齐燃烧起来。这回是真的烧起来了。黑烟滚滚，木材噼啪爆响，真正的凶焰飞速现身，呈现出凝血般的颜色——茶褐色，犹如带刺的毒物，用红莲形容也不够准确，感觉比之更凝固、更浓重，总之凶相毕露，盘成一团，而且精悍，啊，和蝮蛇一模一样，连我的眉毛都感觉到了刺痛般的热度。火灾有种异样的气味，是烤鲋鱼的那种腥臭味。虽然说到底只是物质的燃烧，但火灾似乎是非科学的。诸如椅子、柱子的燃烧，平时很难想象。把挥发油淋在隔扇上，用火柴点燃，一定烧得很旺，但我充其量也只能想象到那种程度。那么粗的顶梁柱熊熊燃烧，感觉实在不可思议。火灾是精神上的，我甚至想到宗教。因宿业而燃烧，因神意而归于乌有，非人意可左右之事所能相比。而失盗——比起火灾来，尽管同为灾祸，但失盗不是宗教的，非但不是宗教的，更彻头彻尾是人为的。不过，失盗也有其不可思议之处。难道你不觉得，人为达到极致，便仿佛有神意降临吗？譬如埃菲尔铁塔，昼夜之间其高度会发生近七尺的异变，这种情况即属此类。诚然，铁会热胀冷缩，即便如此，近七尺的伸缩也太夸张、太不可思议，使我不禁想到神意。便是我这次遭遇的失盗，也确实有种种不可思议之处。

首先，我梦见了那双不像话的泥鞋①。那是一双令人相当不快的大泥鞋，现在回想起来，无疑是梦的启示。我想警示诸位，一旦梦见泥鞋，就该做好思想准备，一周内必定遭贼。你们必须相信我。实际上，我梦见那双大泥鞋，但没人警示我，因此，尽管我很在意，却解不开那个梦的真意，在犹豫茫然中，终于遭了贼。还有，当莫名其妙的蠢话无缘无故地脱口而出时，一定要注意，近期必然遭贼。我的情况是，"来的是煤气动力兵"这一句莫名其妙、匪夷所思、愚蠢可笑的话，完全出乎意料地脱口而出。那也不是一次两次了，我总是不分场合，频频轻率地胡言乱语。"来的是煤气动力兵"这句话一点也不有趣，我自己也想不明白是什么意思。当时我很不安，现在想来，属实心惊肉跳，大概便是不祥之兆吧。不料这却是小偷来访的前兆。我一直羞愧地以为，这大约是我自身教养过多的缘故。想起来了。我记得，在契诃夫的戏剧中，好像也有一个不大机灵的老

① 日文中的"泥棒"意指小偷、盗贼，因此这里的"泥鞋"与之不无关联。——译者注

好人，多少有些得意地说出"转眼间，熊已将女人扑倒了。哎呀，这是咋回事呢。今天一早，这句话突然脱口而出，没法子。转眼间，熊已将女人扑倒了……吗？"等无聊透顶、愚不可及的话，一边满足于自身的过多的教养，一边不停地胡言乱语，在沙龙里走来走去，令其他客人瞠目结舌。换作现在，我会立刻从观众席上起身高呼，警示那剧中的老好人：小心！你一周内就会遭贼。

不幸的是，没有一个慈善家能这样亲切地警告我。可怜的我并未意识到这是神意之前兆的体现，尚多少有点得意，不断重复着愚蠢的话，以为这大概是普鲁塔克①的《英雄传》中的语句，觉得自己的文学修养太过深厚，有点难以整理，羞愧得恨不能找个地洞钻进去，以此来安抚那涌上心头的不安。

现在想来，还有许多别的不可思议的前兆。我遭遇了相当猛烈的呃逆发作，捏着鼻子，转了三圈，然后用一只手对杯中的水拜了两拜，再一口气喝下，执拗地再三尝试这样的咒术，然而没用。耳朵眼一直痒，这也很诡异，痒得让我怀疑发生了什么异变。此外还有很多，譬如突然想喝酒，想在院子里种西红柿，想写信问候家乡的母亲。这些离奇的冲动，全是小偷来访的前兆。这么想应当没错，读者也该注意，亲历者的话是一

———————————

① 普鲁塔克（Plutarchus，约 46—约 120），罗马帝国时代的希腊作家、哲学家。代表作有《英雄传（对比列传）》《伦理论集》等。——译者注

定要相信的。

终于，四月十七日，即昨天，这一天是凶日，从早上起，我就一直被呃逆困扰。据说，呃逆持续二十四个钟头，人就会死，但鲜少有人能持续那么久。所以，人是很难因呃逆而死的。我从早上八点到黄昏时分，持续呃逆了约十个钟头。好险啊，差点就死了。到了傍晚，呃逆终于平息，我坐在书桌前，浑若无事。呃逆一旦平息，顿时便会神清气爽，将先前的痛苦彻底忘得一干二净，丝毫不会想起"啊，方才的呃逆太难受了"，心境如蓝天般澄澈，片云也无，心田平静似水，全然不记得自己这辈子曾遭遇呃逆发作。我坐在桌前，突然感到离奇的冲动，想给家乡的母亲写一封信，问问她十年来的境况。就在那时，窗外传来一阵幽微的咔咔声。那的确是偷偷打开雨伞的声音，毕竟日头一落山，就下起了冷雨。一定有人站在外面，我毫不犹豫地打开了窗户。大约正是黄昏时分，外头暗蒙蒙的，围墙上隐约可见一个白白的、圆圆的东西。仔细一看，竟是人脸。

"来的是煤气动力兵"这句无意义的蠢话已成了口头禅，此刻突然脱口而出。这句话仿佛是某种驱魔的咒语，围墙上那看不出眼鼻的勺子般的小脸，顿时消失不见，原地唯余洁白盛开的毛樱桃。

我感受到的与其说是恐惧，不如说是侮辱。我觉得对方是在耍我。换作原来的我，想必会先想起那个极不愉快的泥鞋梦，以及接连发生在我身上的诸多离奇的现象，况且，刚刚我确实亲眼看到了诡异而魔性的东西，已经不是还能犹豫的时候了，所以我不会懈怠，而会告诫妻子家中发生了异变，并留意锁门，警惕火灾。然而可悲的是，近来的我，连这点闲心也没有了。当我思考如何下笔才能坦率地表达自己的愤怒和绝望时，世人却冷笑着举起手，要在我额头上打下"不可救药的白痴"的烙印。不行！我有所察觉，挣扎着逃离了。好险啊，被打下烙印怎受得了。我现在的身体很重要。我热爱真实，想为它主张，甚至觉得自己似乎找到了有其价值的弱小而珍贵的东西。我现在最先想做的，是拥有自己的话语权。倘若不管我说什么，别人都当我是疯子不予理睬，则我宁愿保持沉默。激情的尽头是面无表情，成为那种微笑的能乐面具①吧。在这世上，要想拥有话语权，首先得营造一个朴实恭谨的普通老百姓的家，在日常生活的形式上做到无欲。这是一种不会被人戳脊梁骨的基于意志的机警性。凭借睿智，严守世间的天经地义的戒律，到了那时，你就等着瞧吧，不论是杀人小说，还是更恐怖的小说，又或是论文，我都会随心所欲地写个不停。痛快。鸥外②可真聪明，他对此佯作不知，我行我素。我想试试，哪怕只能做到他

---

① 日本传统艺术表演"能乐"使用的面具。——译者注
② 森鸥外（1862—1922），日本小说家、评论家、翻译家。代表作有《舞姬》《青年》《雁》等。——译者注

的一半也好。这不是回归凡俗，而是发自心底的复仇——对凡俗的碾压式复仇。正如那句谚语：盗取木乃伊，反成木乃伊。这是常有的事。"得了，得了"——虽然也能听到这种声音，但我并不是要冒险。只是因为举出了鸥外为例，事情听上去才有点夸张，具体说来，不过一句话：别太依赖世人。"但不管怎么说"——歌德不是心平气和地这样告诉我们吗——"限制、孤立自己，才是最好的办法。"看来不用担心会变成木乃伊。

　　一切皆缘于自身的软弱——尽管我是那么沉重、迟钝地给予自我肯定的——一切都源于软弱和我执，我亲手破坏了自己的家，拆得七零八落，结果连出门穿的衣服都没有。这样下去可不行。只穿一条兜裆布口吐金句，这像什么话。而且对我来说，连那些金句都靠不住。在理所当然的发现上，我比别人反应更慢，一个一个悉心珍惜，为之悲伤、欢喜、叹息。反应迟钝。近来，我又变得迟钝了许多。现在，先要一点点地重建生活，营造一个朴实恭谨的百姓人家，这是第一要务。太宰也很聪明啊，毕竟，不管他说什么，倘若无人理睬，便也无可奈何。我本不是那么能撒谎的。我想拥有权威。连自己死去五年、十年后的责任都承担，绞尽脑汁写成的文章，却无一不被人当作笑料嘲讽，说什么全是赝品，果然是天才，你甘心吗？要想堂堂正正地较量，光靠说是不行的，光写信是不行的。我现在知道这个败兴的世界的机制了。艺术界也是同样的生活竞争。停止思考吧！不能输。半斤八两。

　　一路致力于生活的所谓改善，如今的我甚至变得有点愚笨了。行动总采取破绽百出的形式，必然在某一方面犯糊涂。完美多以静止的形式被人发现，或以奔雷般的速度飞奔，不外乎这两种情况。沉默着的作家的美丽和恐怖也在于此，但我现在不能有那么多风情。一旦张皇失措，那残忍的烙印就会深深地打在额头上。一旦被打下烙印，就彻底完了。别说照顾几个有义务照顾的人了，连我自己都是个穷途潦倒的病人。事态紧迫，别无选择，我只能变成那肥胖、丑陋的大巴尔扎克。我真的很想趁着年轻去死，可是，唉，尽管我很想死，却身不由己。踉跄，跌跤，爬起来，如今我的状态很糟糕。当我处在那种愚直的、所谓冒进的状态时，神出于特别的心意，赐下种种警示，但可悲的是，我解不开警示的真意，直到小偷来袭的前一刻，我仍漫不经心，疏于防范，关于这一点，我相信宽大的读者会认为这是一种悲哀，绝不会因之求全责备。再说一遍，我绝不是糟蹋了我的家，我爱我家。继文学之后。然而不管怎样，为了重建家园，为了调整出门穿的衣服，我忙得一塌糊涂，费尽心思，过强的上进心使我忘了去守住势头。人类的能力有限，这是没办法的。的确遗漏了某方面。确实是破绽百出的形式。饶是见到那样一张古怪的、发白的人脸出没，我也只感到屈辱，没做更深入的探索。还有很多别的事情必须考虑，那种黄昏的人脸不值一提。"瞧不起人。"我嘟囔着，啪的一声关上窗户，然后吃力地写下无聊且幼稚的故事。这是我的天职。除了写故事，我没有别的本事。是不折不扣、彻头彻尾的没本事，连我自己都佩服自己。彼时唯羡仕官悬命之地，未曾想入佛篱祖室之门①，但我对站在讲台上训斥学生的姿态怀有憧憬，对操控火车头的伙夫的样子心醉神迷，像煞有介事地查阅账簿的银行职员也令我感到清爽，医生的厚重的铁链将我压倒，我甚至曾一度偷偷爬上高岗，试着练习激情澎湃的忧国演讲，但现在，一切都放弃了。我这个人，不管让我做什么都做不成。这一点已经确认了。于是，我写了一篇连自己都觉得不怎么优秀的无聊故事。直到晚上九点多，我仍老老实实地坐在书桌前继续工作。厌倦了，腻烦了。我突然想喝酒，但想到家里的经济状况，还是忍住了。然后，我决定去睡觉。这些天，我厉行早睡早起，是出于一种悲壮的心态，希望多少能贴近普通市民的生活态度。早起并没有多么痛苦。我像老年人一样习惯了早醒，所以有时甚至会急切地渴盼黎明的到来，睡眠时间很短。也许我身体的某个部位已变成老人了。早晨，若躺在床上磨蹭不起，则脑海中只会浮现令人痛不欲生的事，络绎不绝，色彩鲜明，教人受不了。而且，这房间的东侧全是毛玻璃窗，随着日出，阳

---

① 这两句原出自芭蕉的《奥州小道》第 41 章"幻住庵记"。仕官，即侍奉君主；悬命之地，即君主所赐的关系一家生计的领地；佛篱，即佛门；祖室，即禅门。——译者注

光充斥泛滥在八张榻榻米大的房间里，十分刺眼，怎么也睡不着。我也当是占了便宜，不是因为我穷，不，也有一部分原因，总之我故意不装窗帘，把这直射的晨曦，夸耀为我的豪华闹钟，在日光泛滥的同时一跃而起。早起即如这般，还算顺利，但早睡我就吃不消了。因为这里是乡下，一过八点钟，就阒寂无声了。有时，狗甚至会因为害怕月亮而遥遥狂吠。由于清晨无聊，早早便起床，以至晚上一过八点，自己就厌烦了——厌烦醒着，厌烦活动。我想睡觉，不愿思考。我想入眠，做个漫无边际的梦。做梦是我唯一的乐趣。早上早起，效率一点也没提高，但我还是不敢玩，大部分时间都坐在书桌前，一整天都在假装学习。即便只是模仿，把身体绑在桌子上，磨磨蹭蹭地工作，到了晚上，身体也会相当疲劳，有时甚至筋疲力尽。我对自己的身体没多少自信，所以我必须尽快睡觉，睡觉，但不是马上就能睡着。绝对睡不着。身体发烧，很不舒服，脸皮僵硬发烫。辗转，痛苦。我彻底认输，大声念诵"南无阿弥陀佛、南无阿弥陀佛"，有时甚至多达百遍以上。在这种情况下，有时我会忍不住爬起来，喝上两碗，不，是三碗凉酒。在这一点上，模范市民生活也变得有点古怪了。但是，请不要误会。在这种情况下，我的饮酒方式确实有点粗鲁，但也仅此而已，我绝不会醉得言行失当。喝酒，一言不发，然后立刻接着睡。即使醉得晕头转向，我也会躺在被窝里一动不动，慢慢便有了睡意。有位前辈担忧我的身体，忠告我不要喝太多酒，对此，我向他诉说了夜晚失眠的痛苦。当时，前辈厉声说道：

"你说什么？这种时候才正是思考小说情节的绝好机会。你不觉得可惜吗！"

我一句话也没说，铭感五内。之后，我努力了。我反复击退那不时抬头的失眠的悲鸣，一句佛号也不念了，咬紧牙关思考小说的情节，然后，一心期待着睡眠的到来。那过程相当痛苦。可以说，我是在和睡眠格斗，一争胜负。用细长的触角在虚空中探索，纵然只隐约寻到一缕轻烟般的睡意，又岂能放过，一把抓住，慌忙剖开自己的胸膛，将睡眠之烟强行塞进胸膛的伤口深处，然后再次摇动触角。没有睡意吗？没有更多、更深的睡意吗？我对熟睡的渴望，到了惨不忍睹的地步。啊，我是个求眠的乞丐。

昨晚，我也在做同样的事。嗯，她——不，是他，去横滨钓鱼了。横滨没什么地方可钓鱼。不，也许有，譬如虾虎鱼之类。有军舰，满船盛装。这必须加以利用。在这里多少添加一些时局的色彩，如此一来，别人或许就会说我健康了。以"喂"相唤，以"喂"作答。白阳伞。一枝樱。再见，故乡。轰鸣的涛声。折断钓竿。海鸥偷了鱼。谢谢，夫人。啊，口哨。——不知所云。简直是胡说八道。这就是小说的情节，是一到早上就忘得一干二净的成百上千种情节之一。我逐一思考情节——

不，是图案。出现了又消失，出现了又消失，啊，快点犯困就好了。一闭眼，就有各种各样的花、浮游生物、细菌、闪电在眼皮后燃烧。可能是害了沙眼。阿七①说"你头发乱了"，吉三郎闷声说"我快十六了"，阿七说"我也快十六了"，吉三郎又说"我怕长老"，阿七说"我也怕长老"。西鹤②彼时有四十五岁吧，那似乎是最好的年纪。"旦角四十而知其女。"今早的报纸上，登载了这样一篇新派旦角的述怀。四十吗？再忍耐一下。——诸如此类，渐渐脱离了小说的情节，最后开始核算自己的债务，变得庸俗不堪。根本谈不上睡觉，毫无睡意。大概这么持续了两个钟头吧，被脚处响起老鼠啃咬木材的咯吱声，很吵。现在我已经放弃睡觉了，强行撑开一直紧闭着的双眼，由于心里腻烦，所以动作尤其用力，几乎是啪的一声睁开了眼。房间里是朦胧的绿色。黑了睡不着，亮了当然更睡不着，我便用一块绿色包袱皮遮住了电灯泡。据说绿色对睡眠有好处。这块包袱皮是在路上捡的。我拿着黑色八端绸③包袱皮去街上买牛肉，边走边想各种事，突然回过神来，发现包袱皮不见了。我以为是掉了，便立刻回头四处寻找，走着走着，旁边一位身材娇小的

---

① 井原西鹤的《好色五人女》中的角色。这一段是阿七潜入吉三郎的房间与其双宿双栖前的对话。——译者注
② 井原西鹤（1642—1693），日本江户时代的俳人、浮世草子作家，代表作有《好色一代男》《世间胸算用》等。——译者注
③ 日本丝织品的一种。

年轻老板娘笑着告诉我："你是在找包袱皮吗？在那儿呢。"我一看，有一块绿色的平纹细布包袱皮掉落在蔬菜店门口。我觉得那块包袱皮和我的不一样，却又想着"也许就是这个吧，不，应该就是这个"，况且我也不好辜负那位老板娘的好意，便道了谢，捡起包袱皮，然后去牛肉店买完东西，回到家后，仍觉得不可思议，解开腰带一看，黑包袱皮啪嗒一声掉落在地。我一时不知所措。捡来的绿包袱皮是平纹细布的料子，上面有二三十个小洞，脏兮兮的。我也可以回到蔬菜店门口把它扔掉，可若是再被哪位大娘提醒"哎呀，你包袱皮掉了"，我将不得不立刻感谢她的好意，捡起这块满是破洞的包袱皮回家，这不是白忙活了吗？我决定暂时将这块包袱皮留在家里保管。即使是普通的健康市民，在这种情况下，也一定会采取和我同样的措施。我绝不是偷的。我把自己的包袱皮装在怀中，塞得太深以至忘在脑后，还以为丢了，于是四处寻找，却被一旁的大娘好心告知，我怀着感激之情捡起那块包袱皮，回家一查看发现不对，仅此而已。这有罪吗？不，我绝不认为这块绿包袱皮是自己的，便是想归还也没办法，只好就这样暂时保管了。我不知是何人所用，想想挺脏的。我虽用这块绿包袱皮来遮挡灯泡，但我无意借助灯泡的热量杀灭这块不干净的包袱皮上的霉菌，消毒后再长期作为我家的东西使用。没这回事。我全无那样的邪念，一直都想物归原主，所以我想堂堂正正地公之于众，让任何人都看得见，考虑到这一点，才用它来遮盖灯泡。就是这样，没错。况且，绿色对睡眠大有好处，所以正合我意。绿包袱皮遮盖下的灯光，在房间里柔和地洇开，我的书桌、火盆、墨水瓶、烟灰缸，都在静静地休息，我有意刁难，目光冷淡地望着它们，却莫名地感到乏味，刚趴在被子上打算抽支烟，又听到脚下响起老鼠啃咬木材的咯吱声。我下意识地瞥去一眼，却已经迟了。看呀——

手。挡雨门板的边缘被撕破一个小口子，从那里，一只白色的手，一只女人一般圆润白皙的手，嗖地伸了出来，啊，那手缓缓游动着，简直像在打招呼一样，要把挡雨门板内侧的木闩摘下来。小偷！是小偷，一定是小偷。不容置疑。我承认，我快要昏过去了，连呼吸都做不到，一瞬间保持着惊愕的姿势，就那么凝固了，定住了，连一根手指也动不了。双手的手指就那么像棕榈叶般大张着，我像个活木偶似的，仿佛长了一对又大又圆的玻璃球眼珠，瞠目结舌，一动不动。极度的恐惧，的确会像阵风般掀起情欲，这一点毋庸置疑。看来，恐惧和情欲显然是天生的姐妹。我敌不过，摇摇晃晃地站起身，走到挡雨门板近前，用我的双手一把拢住那只手，并真心实意地紧握不放。接着，一股痴迷的冲动涌上心头，促使我想把脸颊贴在那只手上，但我终究还是克制住了。就在我紧握不放之时，挡雨门板外传来一个蚊泣似的微弱而可怜的声音："请原谅我。"

我突然意识到了自己的胜利。回过神来，发现我赢了。我亲手抓住了小偷。这样想着，与此同时，开始感到一阵眩晕，生出了巨大的错觉，以为自己似乎变成了可怕的大豪杰。读者也不记得了吗？我确实被自己的意外功绩冲昏了头。

"我放开你的手，这就给你开门。"到底是出于怎样的心态，才说出了那么奇怪的话，无论事后怎么想，我都想不清楚为什么。当时，我以为自己很冷静，持有坚定的自信，摆出一副像煞有介事的表情，以庄严的声音说出了那句话。这是我原本的打算，但现在想来，很不寻常。换句话说，我也许是那种泰然受惊的人。

打开挡雨门板，我道："进来吧。"越发不行了。果然，我一定是悠然错乱的那类人。不是有一个江户的小故事吗？说有一家人因彩票中奖而狂喜，家主装作一本正经地泼冷水说，看你们像什么样子，有啥好大惊小怪的，不过一千两而已，随便找个澡堂放松一下好了，结果去澡堂泡在浴池里，大家才突然注意到，他的袜子还没脱呢。我恰恰也是这类人。真的，一定没错。我得意忘形，主动把小偷让进了屋。

"把钱交出来。"小偷慢吞吞地走进房间，立刻便这般说道。他此刻的声音庄重得可笑，与方才道歉请求原谅时的哭腔完全不同，像变了个人似的。这是一个身材瘦小得惊人的男人，溜肩，对此他内心似乎也引以为耻，特意架着胳膊肘，耸起肩膀示人，但这番辛苦也是徒劳，那线条似旦角般纤细优雅的美人肩，沐浴着绿色的灯光，真切无疑。脖子细长，感觉像植物，纤弱，蒙着防感冒的黑色口罩，头上戴一顶大得出奇的灰色鸭舌帽，帽檐压得极低，几乎要盖过耳朵了。他到底还是低下头去说道："把钱交出来。"这回的声音低沉，喃喃自语一般，显得很草率，仿佛他自己也意识到，这句败兴的话，听起来实在不大机灵。他身上那件藏青色的工作服穿反了，里面是一件红豆色颇有点高档的针织衫。也许得怪我莫名地被冲昏了头，在我眼中，他的胸脯柔软而饱满，宛如适龄的少女。卡其色裤子，光着的发红的小脚上，穿着木底草鞋，令我心头火起。

"你太无礼了，至少该脱掉草鞋。"

小偷老老实实地脱了草鞋，扔在门外。我脸上露出一切尽在掌控的表情，趁机关掉了电灯。我的本意完全是为他着想。

"好了，灯关了。这样一来，你就大可放心了。我一点也没看见你的脸和身形，我对你一无所知。即使我要报警，也没什么可说的，因为我没见过你的脸、你的身形，什么都没看见，报警也没用。何况我并不打算报警，你大可放心。"

然而，我这表面甜如蜜的话语背后，隐藏着恶辣老狯的居心。我这么说是为了稳住小偷，同时也在计算这样做给我带来的种种利益。毕竟，只要先稳住小偷，他的猛劲就会放松下来，绝不会伤害我。然后，即便这小偷日后再度尝试作恶，届时就算被捕入狱，想必也不会怨恨我。既然我对这小偷的容貌一无所知，我就绝对不可能成为他的控告者之一，况且我曾明确告诉他，我不打算报警，所以他没道理恨我。其实，我曾一直担心，这小偷他日被捕入狱，两三年后出狱时会怎么做。他说不定会觉得"都怪那家伙，害我蹲大牢"，恨意深入骨髓，一出狱便到处找我，不找到誓不罢休，然后烧毁我的陋屋，企图杀我全家。这是常有的事。我担心日后遭到报复，便装作什么都不知道，先把事情敲定。另外，我还考虑到日后警察查问我的情况。当然，我无意向警察控诉今晚发生的事。我不喜欢上报纸，引来亲戚朋友的担心和蔑视。保持沉默不申诉，这也许是依法律当受处罚的罪恶，然而，我总觉得心情沉重。我不善言辞，到了那么森严的公堂之上，定然张口结舌不知所措，满嘴前言不搭后语，平白遭人叱责，然后，不知怎的，我身上浮现出行止可疑的阴影，甚至无端蒙受怀疑，也许会有不可思议的大灾难降临到我身上。定是这样。我是个任何事都很不走运的孩子，是个倒霉蛋。我根本没勇气报警，只想把这小偷的袭击，当作无聊俗客的深夜造访，如此一来，就不用报警了。我无论如何都想当他是客人，也是出于这样的深谋远虑，我故意用谄媚的声音将小偷请进门，然后，他一进来，我就关了灯。他日，这小偷再度犯罪被捕，并坦白了袭击我家的事，警察根据他的供词，第一次来查问我，届时我若挠挠头说，"不大清楚，当时一片漆黑，而且我如在梦中，记忆完全模糊，根本帮不上忙，很遗憾"。说完大笑，我想警察也会怜悯我年老昏聩而原谅我。总之，迅速关灯这一举动，完全是出于我那极其卑劣的狡智，丝毫不是出于对小偷的体贴。我怕小偷他日复仇，怕他记得我的脸，就算你们说我关灯不是为了小偷着想，而是为了隐藏我的脸，那也没办法。确实如此。

"对不起。"小偷是个笨蛋，对我那老奸巨猾的居心毫无察觉，由衷地感谢我关了灯。

"雨还在下吗？"

"不，好像已经停了。"他似乎彻底变老实了。

"到这边来。"我在火盆后方坐下，用火箸在盆中搅动，"坐这儿吧。还有火。"

"嗯。"小偷双膝并拢，端端正正地坐下了。

"也许你应该坐得离火盆远一点。"我得意起来，"靠得太近，火光会照亮你的脸。毕竟我还不曾看到你的脸呢。烟也别抽了吧。在黑暗中，即使是一根点燃的香烟，也会相当明亮。"

"是。"小偷似乎有点感激。

我实在太欢喜了，终于被冲昏了头，越发想让他知道我是个非凡的人物，以至说了多余的话。

"啊，十二点了。"邻居家的挂钟，当当地响了起来，"时钟，是活物啊。深夜十二点报时，一开始声音就不一样呢。那是一种严肃的、近似叹息的声音。它就是活物。最初那一下，当的一声，仅靠这一声，后面即使不掰着手指算，也能清楚地知道是十二点了。都说草木亦眠[1]，不是吗？所谓檐沉三寸，河水止流，真是不可思议。"

"是十一点。"小偷平静地低声说道，他是掰着手指数的。

我狼狈不堪，连忙岔开话题。

"你来得有点太早了。小偷一般都在两三点钟来，那时候人睡得最沉。从医学上来说，是吧。"我略微找回了颜面，得意忘形之下，又说了奇怪的话，"小偷最要紧的是直觉，这是必须有的。你以为我有钱？比如说，这张桌子的抽屉里有多少钱？"说到这里，我一下子闭上了嘴。我意识到自己话太多了。我书桌的抽屉里，有二十元钱，是我们到四月最后一天为止的全部生活费。失去这笔钱，我就麻烦了。要说吃饭，即使眼下手头没钱，只要和米店、酒店谈好，总能设法周转，不会有太大的麻烦，但烟钱、邮费、诸多杂费，以及洗澡的钱，可就让我为难了。我对这片土地还不熟悉，而且，就算在熟悉的土地上，香烟、邮票也是必须花现金买的。话虽如此，我已经不想再到处向朋友知己借钱了。还是死了的好。借钱之痛，深入骨

---

① 日本有"丑时三刻，草木亦眠""丑时三刻到，屋檐沉三寸"等俗谚，均形容午夜时分万籁俱寂。丑时三刻即凌晨两点到两点半之间，相传此时阴气极重，鬼物横行。——译者注

髓。便是死了，我也不想借钱。因此，我近来活得非常、非常吝啬。和朋友出去玩，我也敢于主张费用平摊，招来暗中鄙视。与人远足出游，我也只迅速买下自己一个人的票，决不给别人买票。买一双木屐，我也会提前一个月开始研究，观察各家商店的橱窗，比对价格，然后一闭眼下大决心，付诸行动买下木屐。怎样穿木屐才耐久，我也一清二楚。走路时，我极其缓慢，小心翼翼，免得将和服下摆的里子磨破。人们也许会对我的守财奴的做派感到惊讶，露出悯笑，但我一点也不觉得丢人。我不想勉强。近来，在作品见刊之前，我决不向杂志社要钱，尽量装不知道。不给就不给，以后再不为他们写便是，仅此而已。是这世界教会我的，向人低头乞求金钱，实在是一件非常、非常可怕的事，是一种令人战栗的悲惨。我现在才知道。靠作品发大财是极难的，所以我几乎不抱期待。有钱就过有钱的生活，没钱也别慌，平时吝啬度日便是。这样一来，就没什么想要的了。我所期盼的梦，一个接一个都破灭了，漏了个大窟窿，那种凄惨、焦躁，我很清楚。这十年间，我是从那地狱中活过来的。我受够了。我不相信幸福，甚至不相信光荣。我真的什么都不想要。我现在什么都不需要。就这么痛苦地写作，流离转徙，只要能稍稍取悦我所爱的两三样真实，能帮上忙，我就必须满足了。对于空中楼阁，我已经厌了。我现在是个冷酷的吝啬鬼，必须死守抽屉里的二十元钱。我冷静地撒了个谎："不，你以为这抽屉里有钱，是你的直觉太迟钝。我只能这么想。给你看看也无妨，这抽屉里没有钱。老实说，今天这屋里只有五六分钱。"恶心的谎言。

"有。"小偷生硬地说道。

我吓了一大跳。

"喂，你，"我不由得大声喊道，"你凭什么说这种没礼貌的话。太不尊重人了。我家里有没有钱，你无权置喙。你到底是谁！"极度的恐惧，似乎也会掀起某种类似怒吼的尖叫。受惊的狗狂吠不止，亦属此类。

小偷迅速起身：

"把钱交出来。"这一次，他的声音足以令人毛骨悚然。

"给你，有就给你。"连我这个守财奴，也被这暗中异常险恶的气氛吓坏了。而且，我的守财奴做派也变得卑鄙起来，"你就那么想要钱吗？想必你也有妻儿在等你吧。我也记得，老婆歇斯底里般吹毛求疵，痛骂你没用，所以你也说大话，一本正经地撒了个弥天大谎，声称今天已有着落，马上就能拿到钱，以此哄你老婆开心，在你老婆的温言软语中出了家门，实则根本没着落。很痛苦啊，我还记得。你不能就这样空手而归，"我已经破罐破摔，口吻越发粗俗，"那也是一种地狱啊。如何，你也该知耻一点。本来就是，像煞有介事地对妻子撒谎，你不觉得太小家子气吗？你就那么想看到妻子高兴的模样吗？你呀，真是迷恋妻子啊。对你来说，妻子过于优秀了对吧。嗯？没错吧？"我喋喋不休，死命纠缠小偷，小偷则一言不发，大摇大摆地来到桌旁，打开抽屉，从中翻找，丝毫也不理睬我拼尽全力的骚扰，我被其如猪牛般无视的粗鲁态度给惹恼了，便信口开河，骂了个狗血喷头。我心想，反正要被他拿走二十元钱，不骂骂他可不划算。小偷似乎已经找到了钱包：

"就这些吗？"

"太败兴了。所以我讨厌现实主义者。我希望你说话能稍微机灵点。反正钱是你的了，我输了。我怎么也敌不过一个只做不说的人。"我已兴味索然。

"把钱交出来。"他又来了。

我扭头望向声音传来的方向：

"笨蛋！给我适可而止！我真的要生气了。我什么都知道。我不想和你这样的人日后再有任何瓜葛，所以方才一直都在装傻充愣。我一清二楚，你是个女人，曾于今日傍晚在那扇窗外打开雨伞，发出低微的咔咔声。那种隐忍般的声音，绝对是女性特有的。男人打开伞时，无论再怎么安静，也发不出那种声音。你曾在傍晚预先来偷偷查探我家的情况，一定是这样。你连我家周围也详细地探查过了，隔壁那只常叫唤的狗，唯独今晚一声也没出，由此可见，你昨晚一定给那只狗喂了毒包子。真是个手段毒辣的家伙。你昨晚扒在墙头窥探时，那张脸我看得清清楚楚，怎会忘呢。我是个伟大的画家，随时都能画下你那张脸。你今晚的衣着也好，溜肩也好，我统统都知道。关灯之前，我就全看见了。说给你听听吧，你虽故意把工作服反穿，但我连那工作服衬领上印染着什么字都一清二楚。说给你听听吧，今金酿酒有限公司。怎么样，是不是很惊讶？我甚至还握着你的手呢。倘若连你是男是女都分不清，可称不上伟大的画家。听好了，你今年三十一岁，你丈夫比你小，二十六岁。比自己年轻的丈夫，真可爱啊，你想吃掉他对吧。而且，你丈夫很懦弱，走上街头，用古怪的说辞推销那假货钢笔，但他是个懦弱、幼稚的孩子，所以前几天在泉法寺的庙会上，他仍用那样的说辞推销：'这次的钢笔，是为了公司的宣传，特意免费赠送给大家。'然后不得不连忙继续说下去：'钢笔数量有限，无法全部分给大家，只能按先来后到的顺序，象征性地收取十分钱，但本意是要免费赠送的。'说完看向顾客，却见一个警察模样的红脸老头正站在顾客身后冷笑，你丈夫见此情形，一时头脑发热，'是打算免费赠送的，真的免费赠送，我不说谎，真的，即使做这种生意，我也讨厌欺骗顾客。免费赠送，来，大家都拿走吧，不信的家伙都是笨蛋。免费赠送。街头摊贩也是有志气的，统统白送。啊，小姐，想要吗？太好了，你不怀疑别人。从一开始，你从一开始，就相信我会把钢笔免费送给你。啊，不怀疑别人的人，会得到好处的。来，给你三支吧，一支给父亲，一支给母亲。请别忘了我！好了，还有人想要吗？怀疑的人，是会吃亏的。世上万事莫不如此。装聪明冷笑的家伙，反而是笨蛋，是笨蛋中的大笨蛋。老实相信的人，会得到好处的，连神也爱他们。好，给你一支。好，也给你一支。啊，我高兴得都快哭了。这不算啥，批发价才六元钱出头，便宜货。当成抱了一晚上女人，也就想开了。便宜货，不用担心我。来，还有人想要吗？没有吗？不信的家伙都是笨蛋！'就这样，你丈夫越说越起劲，最后甚至成了哭腔，终于还是把所有钢笔一支不剩地送人了，警察都惊呆了。你丈夫就是这么笨拙的人。因此，你为了帮助无能的丈夫，不得不在这样的深夜出来赚钱。如何，我猜对了吧。"没有所谓猜对或猜错。我被抢走二十元钱，不管怎么说都很恼火、烦躁，便信口开河，大耍威风，实则只是在擅自陈述我的梦想，也就是我的小说的情节。这无异于斗输了的狗负隅狂吠。"我还知道你为何挑中了我家。我知道，因为我家，嗯，只有一对年轻夫妇，是所谓新家庭，你盯上了这一点。年轻夫妇生活悠闲，做什么都很懒散，你盯上了这一点。这么说显得斯文，但你实则不然，对吧？不止如此吧？如何？你才三十一岁，你潜入我家的目的可能纯粹只是盗窃，但你也在暗自期待，希望获得某种额外的奖励不是吗？反正都是来一趟，你就想潜入年轻夫妇的卧室看一看，然后便可批判：'啊，下流！肮脏！不害臊吗？'你也有这样的兴趣，于是袭击了我家。确实如此。你才三十一岁，正当妙龄。你可真卑劣啊。然而很遗憾，我的卧室是像这样独立的，神圣恬静，没有半点污秽之处，这也是你失败的原因之一。淫念也须检点啊，被你这种人偷窥到怎么得了。你也经常潜入上流家庭，盗走女主人的钱包带回家，倘在钱包里发现一张花花绿绿的奇怪的画，或是类似的玩意儿，你和你丈夫就会哈哈大笑，以为得意，实际上，女主人将画放在钱包里，却并非出于淫念。我来告诉你，装了那种画在里面，女主人就会将所有的注意力都集中在钱包上，时刻留意避免丢失。也就是说，她是出于一种谨慎而严肃的心态，才把一张那样的画放进钱包的，绝非出于轻浮、淫荡的心态。据说，把那种东西放在钱包里，钱就不会丢，放在衣柜里，衣服就不会不如意，那是真的，是为了集中注意力。因为是羞人的东西，所以钱包也好，衣柜也好，都会尽量不去碰它，不去胡乱开合，只会悄悄地珍惜、爱护。这不是很可爱吗？是相当朴素、优雅的事。还有，你连孩子的钱包也偷过。确实偷过。然后，你大概哭了吧。女孩的钱包里，装着那孩子自己用铁丝弯成的戒指，她呤哚用力、满面通红地弯铁丝时的属于孩子的柔韧的力量，直接留在了那制工粗糙、凹凸不平的铁丝上，在每个弯曲的凹陷处，都凝聚着那孩子的微小而温暖的努力，你大概忍不住捂脸后悔了吧。倘若无动于衷，你就是魔鬼。还有，在男孩的钱包里，装着一整套

'面子①'。每枚面子上都画有相扑选手的头像，从东横纲②到前头，再从西横纲到前头，应该东、西各有五枚，合计十枚，却少了一枚。少了东横纲。至于是何缘故，我也不知道那么多，也许是面子店的东横纲卖断货了。这套面子的主人——那个男孩，一定为此惆怅了很久。暗地里，他该多么难为情啊，该多么想要一枚东横纲啊。他一定愿意放弃自己收藏的全部童话书，去换取一枚东横纲。无论哪家面子店都没有东横纲了，问遍了所有的朋友也没有。这时，你下手偷走了。你调查了那套面子，同情那男孩的遗憾和惆怅，这件事始终在你脑海中萦绕不去，后来，你便不由自主地拼命寻找，每当经过面子店时，你一定会向店里望一望，看看有没有东横纲。若非如此，你就是魔鬼。做贼可不是好买卖啊，还是别干了。喂，你在听吗？"

突然，隔壁房间亮起了灯，这个房间也变得微明，我一看，小偷已消失得无影无踪。我感觉很不好。

隔扇被拉开，妻子摇摇晃晃地走了进来："小偷？"

妻子口齿不清得可怜，直接一屁股坐了下来。

"是的，的确来小偷了，"见到妻子的惊恐神情，我立刻也被感染了，开始浑身颤抖，上牙直打下牙。也许直到此刻才回

---

① 类似中国儿童玩的"啪叽"。游戏双方各持印有各种图案的硬纸板，放在地上轮流互砸，砸翻面即可赢得对方的该枚纸板。——译者注
② 横纲、前头均为相扑选手的头衔称号。这些称号又分东、西两种，譬如同为横纲，东横纲的级别要高于西横纲。——译者注

过神来，先前可能过于惊愕、恐惧，甚至忘了发抖，一个劲地头脑发热，舌端喷火，处于一种发狂的状态，"的确来小偷了。的确。也许还在呢。"

妻子见我抖得厉害，连榻榻米也跟着咯吱作响，她似乎反而恢复了镇静，强颜欢笑：

"又回来了。我知道。你不是大声骂那小偷'笨蛋'吗？那时我醒了，侧耳倾听你的说话，对方好像是小偷吧？我怕得不行，像死了似的，趴着一动不动，听到小偷发出沉重的脚步声，似乎离开了房间，我才松了口气。真是个奇怪的小偷啊，还去把挡雨门板关上了。那挡雨门板颤颤巍巍的，好像很不容易关呢。"

我一瞅，果然，挡雨门板关得好好的。看来，似乎是我一个人待在空无一人的黑暗房间里，自鸣得意，说教了好一通。我似乎犯蠢了，一个人叫嚷得入迷，浑然不觉小偷早已溜走，并且周到地为我关上了挡雨门板。

"真是个无聊的小偷啊，"我无奈地笑了，"是彻头彻尾的现实主义者。喂，他好像把所有的钱都拿走了。"

"钱算什么，"妻子对钱毫不在乎，总是让我捏一把汗。她愚直地坚信艺术家的妻子必须如此，并且为之努力，"没受伤比什么都好，真的，"说着，她沮丧地叹了口气，然后，仍低着头，"你别再给那种小偷之类的人解说文学了好吗？我嫁来你家时，有个为妇女杂志当记者的亲戚，给我母亲寄去一封信，说你的名声很不好，那时我们已经当面见过你了，所以母亲相信你，而那个当记者的亲戚，从未与你直接见过面，只是听信传言才向我们提出了忠告，我也认为，见过本人得出的印象是最重要的，我现在一点也不怀疑你，但你对那种小偷大讲特讲小说一样的话——"

"我明白了。果然当我是病态的吗？"此时此刻，我是婚后第一次想打老婆。难道遭遇小偷时，应该模仿普通市民，尖叫"小偷、小偷"，只穿一条兜裆布就冲出家门，敲响铁盆，在附近跑来跑去，扰得邻里鸡飞狗跳吗？那样好吗？我厌了。倘若那样才好，现实这玩意儿可就太讨厌了！有些东西就是爱得不够。这世间万物，是多么显见地败兴啊。以那个恶德小偷来说，突然闯入，抢了钱，突然离去。仅此而已，不是吗？这世上没有浪漫。唯我一人是病态者。而现在，我也碌碌营营，修养小市民生活，开始了吝啬的处世之道。讨厌。我一个人也好。我想再一次跃入那野心与献身的浪漫的地狱，一命呜呼！做不到吗？不可以吗？这波巨大的动荡，以昨晚的盗贼来袭为契机，直到今早，不，直到现在我写下这篇文章时仍未停止，还在剧烈地持续着。

俗 天 使

吃着吃着晚饭，我手持碗筷呆住了，一动也不动，妻子问我怎么了，我说："哦，厌了，吃饭，厌了。"不只这件事，还想着别的事，所以饭也不想吃了，心不在焉，但向妻子解释起来又很麻烦，我便只说"剩下这些不想吃了"，妻子回答"没关系"。身旁摊开一张大相片版米开朗琪罗的《最后的审判》，我一边目不转睛地盯着它一边动筷。图中央是全裸的基督，健壮、青春，仿佛王子，做出向下界动乱的亡者投掷什么的动作，姿态磊落大气，年轻、娇小、清秀的处女圣母，天真烂漫地依偎在健美而勇敢的全裸的儿子身畔，全心信赖儿子，低着头，宁静地沉浸在幽思之中的模样，终于打断了我那困窘的用餐。仔细观察会发现，基督那气质磊落的、如桃太郎般玲珑的身体上，在其腹部、高举的手背及脚上，都残酷地画有黑黢黢的巨大伤口。唯懂的人才懂吧。这在我是难以忍受的。还有，这位母亲是何等佳人啊。我小时候，比起金太郎，更喜欢那一位和金太郎隐居山中的年轻而美丽的女妖。此外，我难忘那骑在马上的圣女贞德，青春时代的南丁格尔的相片也令我痴迷，但现下，看着眼前这位年轻的处女圣母，根本没什么可比较的。这位母亲像个伶俐娇小的婢女，又像干净而略显冷漠的护士，但其实并非如此，不可轻率形容。护士什么的，太荒谬了。我觉得，她是绝对不可触及的。我不想给任何人看到，只想永远藏在心底。圣母子①——我现在终于知道了它的真相，确实无与伦比。达·芬奇像个傻子一样饱尝辛酸，才完成了《蒙娜丽莎》，然而残酷的是，那却并非神品，而是魔品，是与上帝抗争的惩罚。米开朗琪罗凭借没骨气的哭鼻虫的努力，尽管愚蠢，却成功触知了上帝的存在。谁更痛苦，我不得而知，但米开朗琪罗的这幅画作，总有一些地方让人感受到上帝的助力，不是人的作品。米开朗琪罗本人也不知自己的作品具有如此不可思议的纯朴。米开朗琪罗是劣等生，所以上帝助他画成了此作。它们不是米开朗琪罗的作品。

　　见到此等好物，我中止了用餐，东张西望地环视房间。妻子正在低头吃饭。我把那张《最后的审判》叠好，回到隔壁房间，在书桌前落座。全无自信，太可怕了。什么也不想写。后天之前，必须给《新潮》杂志寄去二十篇短篇，所以我原打算

① 这里指描绘圣母玛利亚与其子基督的绘画作品的统称。——译者注

今晚着手开始工作，但我现在简直彻底成了个窝囊废。腹稿已打好，连结尾的话也备好了。六年前的初秋，我带着一百元钱请三个朋友去汤河原温泉游玩，然后我们四人爆发了激烈的争执，几乎兄弟相残，又哭又笑，最终和好如初。我本打算写当时的事，却又厌了。没什么特别的，大抵只是所谓循例之作，即无可无不可的"素描"。没见过那个该多好。要是没注意到那幅圣母子，我当可厚颜无耻地运笔如飞吧。

从方才起，我一直在抽烟。

"我不是鸟，也不是兽。"曾几何时，年幼的孩子们在原野上歌唱，曲调哀伤。我躺在家里听着，忽然眼泪便涌了出来，于是爬起来问妻子那是什么歌，妻子笑着回答应该是蝙蝠之歌，是鸟兽大战时唱的歌。

"哦，这歌太糟糕了。"

"是吗？"妻子笑道。她什么也不懂。

现在，我想起了那支歌。我是个行动力弱、喜怒无常的人。我既不是鸟，亦非野兽。而且，也不是人。今天是十一月十三日，四年前的这一天，我得到允许，离开了一家险恶的医院。那天不像今天这么冷，是一个晴朗的秋日，医院的庭院里仍开着大波斯菊。彼时的事，我打算再过五六年，待我稍微冷静下来，再尝试仔细地、慢慢地写出来——以"人间失格"为题。

还有，我不想再写了，但不写又不行。至今为止，我给《新潮》的 N 先生添了许多麻烦。破罐破摔之际，这样一句话突然浮上心头："我也有陋巷的圣母。"

当然，这只是嘴硬。地上的女性再怎么描写，也像不了米开朗琪罗的圣母，可谓苍鹭与蟾蜍之别。例如，我住在荻洼的旅馆时，常去附近的中国荞麦面馆，一晚，我正在那里默默地吃面，身材娇小的女招待从围裙底下偷偷拿出一个鸡蛋，啪嚓一声敲开，浇在我吃的面上。我觉得自己好可怜，抬不起头来。从那以后，我便决定尽量不去那家面馆。这实在是一段令人羞耻的记忆。

另外，我五年前患了阑尾炎，脓液扩散至腹膜，手术有点复杂，当时用药成瘾，引起了中毒症状，为了戒掉药瘾，我去水上温泉求了两三天神，但那痛苦实在不堪忍受，我只好又跑去水上镇的小医院，向老医生说明情况，请医生只给我开一剂药。临走时，一个圆脸护士微笑着，偷偷又给了我一剂药。我想再把那剂药的钱付了，护士却默默地摇了摇头。我想早点把病治好。

在水上也治不好病，我在夏天结束时退租了水上的旅馆。离开旅馆，乘上巴士，我回头一看，小姑娘前一刻还在微笑目送，转眼却突然哇哇大哭起来。小姑娘住在隔壁的旅馆，和大约上小学二三年级的患病在身的弟弟一同进行温泉疗养。从我房间的窗户，可以看到隔壁旅馆小姑娘的房间，我俩朝夕相见，但从没打过招呼，都装作不认识对方。当时，我从早到晚只顾着写信借钱。便是现在，我也一点都不正直，那时候更是半疯半癫，尽胡乱说些谎话以逃避一时的悲伤。有一次，我厌倦了呼吸，厌倦了活着，从窗户探出头，隔壁旅馆的小姑娘甚至像脾气暴躁似的，一下子合上窗帘，切断了我的视线。乘上巴士，我回头一看，小姑娘正缩着脖子站在隔壁旅馆的门口，头一次冲我笑，马上又哭了起来。我想，她所以如此，是被住客逐渐离去这一抽象的悲伤遽然袭击的缘故。我知道她并非单单选中我才哭的，即便如此，我的心口也被狠狠地戳了一下。我想，要是能再稍微亲近一点就好了。

　　仅仅这点小事，果然也是"风流韵事"吧。倘若这种事也能成为我珍藏的"风流韵事"，那我一定是个相当悲惨、可怜的浑蛋。我丝毫没把它当成"风流韵事"的打算。蒙中国荞麦面馆的女招待惠赐鸡蛋一枚，有何功勋可言呢。我只是在坦白自己的耻辱。我也清楚自身的相貌有多可笑，从小到大，我都被人说长得丑，不亲切，不机灵，还粗俗地咕嘟咕嘟喝大酒，不可能有女人喜欢。对此，我也有一点自豪之处。我似乎并不想被女人喜欢，未必是因为自暴自弃，而是我有了自知之明。我认为，自觉到本身不值得被人喜欢的人，一旦出于某种原因被人喜欢，则只会感到狼狈，觉得自己很惨。我便这么说，也许还有人真的不信。蠢货！正因有你这样卑劣的性喜穿凿之人，才连我也不得不认真起来，一脸严肃地说出如此无知、愚蠢的分辩。别人的话，还是默默聆听为好，毕竟我不是在说谎。

之前说过，我是在坦白耻辱，但有点词不达意。改成"我写这篇文章，是想对坦白耻辱这件事带有一点点自豪感的"不是更恰当吗？虽是悲惨的心境，但没办法。我没被女人喜欢过，所以哪怕是女人偶尔的一点点好意，我当时也会感到耻辱，但现在，光是那些记忆也必须珍惜不是吗？出于这种颇不起眼的没骨气的反省，我多少有点不情愿却又破罐破摔地，将"陋巷的圣母"这一桂冠献给那些贫苦的女性。那米开朗琪罗的玛利亚，若能俯瞰人间见此情形，对我微笑而不生气，那就太好了。

除了血亲，我一次也没要过女人的钱，但十年前，我确曾给一个女人添了某种麻烦。那年我二十一岁，走进银座的一家酒吧，钱包里只有一张五元纸币和电车票。女招待是大阪口音，举止优雅。我告诉她我只有五元钱，恳请她尽量慢点上酒。女人答应了，没笑话我。我喝完一瓶就醉了，急不可耐地要求再来一瓶。女人没反对，连声应着拿来了酒。我好一番痛饮，最后结账，十三元多。直到现在，我仍清楚地记得那笔金额。我磨磨蹭蹭掏不出钱，女人说"算了，算了"，从背后不断推我，把我推出了酒吧。仅此而已。我想大概是我态度好的缘故吧，没觉得有什么飘飘然的。过了两三年，或是四五年，记不清了，总之，多年以后，我顺路又去了那家酒吧。天哪，那女招待还在，依旧优雅地忙前忙后。终于，她也来到我的桌前，笑眯眯地说："您是哪位来着，我给忘了。"然后又径直去了另一桌。我没骨气，又吝啬，连自报家门向她道谢的勇气也没有，喝了一瓶酒就马上离开了。

已经没素材了，接下来只有捏造。已经没有了任何回忆，要想继续说，除了捏造别无他法。渐渐变得悲惨起来。

试试写一封信吧。

　　叔叔，好古先生。既不是易寂，也不是怕冷，而是好古，很适合您。总是在写小说的叔叔，今早我收到了您寄来的明信片，谢谢。恰巧是在吃早饭时寄到的，我便读给大家听了。每天都那么神经紧绷着写小说，会搞坏身体的，我建议您一定要多运动。像您这种总是穿棉袍待在家里的人，无论如何都需要运动来确保心情明朗、身体健康。今天，我也会再逗叔叔一笑。接下来要写的，原本打算放在末尾写，但我忍不住想早点告诉您，就提前写了。到底是什么呢？毕竟是今天买给我的。我们女孩子一旦穿上它，就忍不住想站上沙丘看海。我迫不及待地想去旅行。今天在银座的 ROYAL 发现了它，离开时立刻就穿上了。走在路上，我高兴极了，开心极了，目光自然而然便投向脚下。您已经知道了吧，是鞋子。我感觉今天仿佛一直都在穿鞋走路，好像大家都盯着我的鞋子看，令我备感骄傲。是不是很无聊？叔叔您不管什么都觉得无聊，真叫人头疼。我也觉得鞋子的话题很无聊。

那聊什么好呢。今天傍晚，母亲说她想读《女生徒》，我随口说"不给"拒绝了。然后，过了大约五分钟，我嘀咕着"母亲真是坏心眼，可是没办法，真头疼"之类的怪话，还是去书房把那本书拿给了她。现在，母亲似乎正在读呢。没关系，书里没写任何对她不好的事，况且，叔叔您一直很尊敬母亲，所以不要紧，我觉得母亲是不会骂您的。只不过，我有点害臊。至于为什么，我自己也不大清楚。我最近一面对母亲，就莫名地害臊。不光是母亲，而是所有人，尽管我希望自己能更心平气和些。

太无聊了，这种事。吹走吧，肥皂泡。昨天和阿寺去购物，她买了白便笺和口红（口红是很适合阿寺的颜色），还有手表带。我买了钱包（是我非常非常喜欢的钱包，印有焦茶色和红色的贝壳图案。是不是不行啊，我的品位很差。不过，钱包的金属卡扣和敞口处都细细地上了一层金色，还不至于扔掉。我买这钱包时，把它凑近到眼前看过。我的脸倒映在金属卡扣上，小小的，圆圆的，看起来很可爱。所以，今后当我打开这钱包时，我必须要有和别人打开钱包时不一样的思想准备。我想，打开时一定要试着照一照），也买了口红。这个话题还是很无聊？怎么了呢。叔叔您也有不对的地方。我经常这么一想，就觉得很寂寞。酒是没法戒了，但烟还请再稍稍克制一下。这可不是闹着玩的。颓废鬼。

下次给您讲个好故事。总觉得都没自信了呢。本想说点关于狗的事，但考虑到您和我对狗的兴趣完全相反，我就不想讲了。佳比，很可爱哟。它好像刚散步回来，正在窗下发出打哈欠般的撒娇声。明天是星期二，火曜日。我讨厌"火曜日"这三个字，看起来似乎不怀好意。

我来向您播报新闻吧。

一、英法婉拒白兰①的和平调停。

话说比利时皇帝利奥波德三世——后文请见今早的报纸。

二、废船竟系我方所赠——浮在水上的"西太后之船"。

---

① 指比利时、荷兰两国。——译者注

话说北京郊外万寿山脚下的昆明湖西北隅竟然有龙现身，传说是一条活了很久的龙，那是骗人的。

叔叔您现下要是正在坐牢就好了。这样一来，我就能每天都很得意地向您播报新闻了。欧洲的形势，报纸上分明写得清清楚楚，一读便知，为何大家都摆出扬扬自得的表情，好像唯独自己知道似的。我觉得很可笑。

三、佳比这两三天没什么精神，白天总是昏昏欲睡。最近，它突然变成一副老相了，想必已经变成老爷爷了吧。

四、好古君会向白衣士兵鞠躬吗？我总是下决心"这次一定鞠躬"，却怎么也做不到。前些天，去上野美术馆的路上，我看到对面走来一名白衣士兵。我偷偷地环顾四周，见没有人，便打定主意，趁机恭敬地鞠了一躬。然后，那名士兵也很有礼貌地向我鞠了一躬。我高兴得快要流泪了，两脚蹦蹦跳跳，走路变得十分困难。新闻到此结束。

我最近很矫情。叔叔您把我写得很好，我在日本全国都出名了。我很寂寞。别笑，我是说真的。我可能是个没用的孩子。早上睁开眼，从床上爬起来，发誓今天一定要坚持顽强的意志，要活得不后悔，但我最多坚持不到吃早饭。在那之前，我做什么都相当紧张。我浑身僵硬，就连关厕所门都小心翼翼，紧闭着嘴，埋头穿过走廊，面对邮递员虽能轻声浅笑，表现得贤淑端庄，但我还是没用，一见到餐桌上那些看起来美味可口的早餐，那坚定的誓言顿时便化为乌有。而且，我会喋喋不休，举止粗俗，吃饭也不矜持，狼吞虎咽，大约吃到第三碗，才终于想起来，暗道："完了！"这么一来，我就会很失望，而后安心做愚蠢可笑的自己。每天都在如此重复。真没用啊。叔叔您最近在读什么书？我在读卢梭的《忏悔录》。前几天，我见到了天象仪。在清晨和日暮时分，听到了美妙的华尔兹。叔叔，请多保重。

拖拖拉拉写了这么多，不过可能不怎么有趣。但此刻，也许这正是我的贫苦的玛利亚。是否真实存在，自不用说。作者现在心里不痛快，没有理由。

新

哈

姆

莱

特

前言

写成了这样子。我只能这么说。但我想提醒读者,此作既非莎翁之《哈姆莱特》的注文,亦绝非其新解,不过是作者任性而为的创作游戏罢了。我仅向莎翁的《哈姆莱特》借用人物姓名和大体环境,写了一个不幸的家庭,此外毫无学术或政治上的意义。这是一个狭隘的心理实验。

或许可以说,我所写的,是身处某旧时代的一群青年的典型。围绕着那群令人无奈的青年,我写了一个家庭(严格来说,是两个家庭)短短三天内发生的事。倘只读一遍,人物心理上的一些来龙去脉易被忽略,但你若非要讲"我没那闲工夫读两遍三遍",则就此作罢,只望有空暇的读者,请尽量多读几遍。另外,闲极无聊的读者不妨借此机会,将莎翁的《哈姆莱特》重读一遍,与这篇《新哈姆莱特》作番比较,兴许会找到有趣的发现。

作者在撰写此作的时候，仅粗读过坪内博士[1]所译《哈姆莱特》，及浦口文治[2]先生所著《新评注哈姆莱特》，后者连原文亦全部收录在内，我只好一手持书一手捧词典，读得十分吃力。当然，我也自觉获得了种种新知识，但现下无须在此一一汇报。

另，作中第二节的几行文字，看似在调侃坪内博士的译文，但作者只是信笔为之，博士门生请勿见怪。此番通读了坪内博士所译《哈姆莱特》，我亦有感，莎翁等人的剧作，确须如博士那般，以老派的歌舞伎风格去译。

读莎翁的《哈姆莱特》，果然能感受到天才的如椽巨笔。激情的火柱是那般雄壮，角色的跫音是那般响亮，我觉得很了不起。相较之下，《新哈姆莱特》这等作品不过是幽微的室内乐罢了。

又及，作中第七节朗诵剧的剧本，系作者借克里斯蒂娜·罗塞蒂[3]的《时间与亡灵》略添浓妆润饰而成。在此，我必须向罗塞蒂的亡灵致歉。

最后，我想提醒诸位，尽管此作在形式上略似剧本，但作者绝无此意。作者本身是小说家，对剧本的写法几乎一无所知。

---

① 坪内逍遥（1859—1935），日本小说家、戏剧家、文学评论家、莎士比亚学者。译有《莎士比亚全集》40 卷。——译者注
② 浦口文治（1872—1944），英文学者，著有《新评注哈姆莱特》等。——译者注
③ 克里斯蒂娜·罗塞蒂（1830—1894），英国女诗人。——译者注

希望诸位当它是所谓 LESEDRAMA^① 风格的小说。

二月、三月、四月、五月，耗时四个月终于完成。回头重读，亦感惆怅，但比这更好的作品，现在似乎也写不出来。作者的能力仅止于此，张皇自辩亦无济于事。

昭和十六年

初夏。

---

① 专供阅读而不演出的剧本。——译者注

人物

克劳狄斯（丹麦国王）

哈姆莱特（先王之子，新王之侄）

波洛涅斯（侍从长）

雷欧提斯（波洛涅斯之子）

霍拉旭（哈姆莱特之学友）

葛特露（丹麦王后，哈姆莱特之母）

奥菲利娅（波洛涅斯之女）

其他

地点

丹麦首都厄耳锡诺

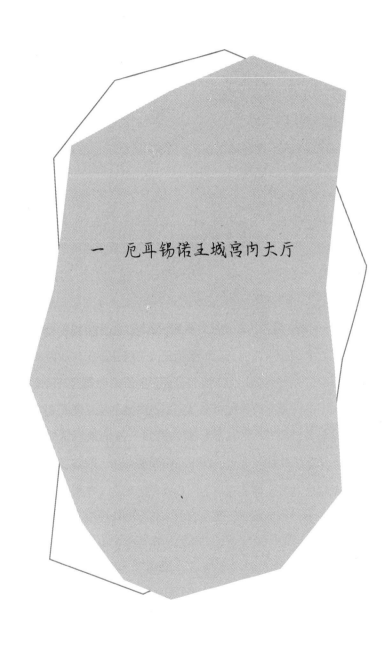

一　厄耳锡诺王城宫内大厅

国王、王后、哈姆莱特、侍从长波洛涅斯、波洛涅斯之子雷欧提斯、众侍者

王："诸位有劳，辛苦了。先王猝然亡故，生者泪迹未干，我这无才寡德之人即已继位，此番又同葛特露成婚，我亦心感有愧，但这一切，全是为了我们丹麦，所行诸事悉已同诸位商议妥当，故先王吾兄若地下有知，亦当念及诸位了无私心的忧国之情而原谅我等。近来丹麦同挪威属实不睦，战争随时可能爆发。王位不可一日空置，因王子哈姆莱特年方弱冠，我才无奈接受诸位劝荐，登此王位，但我既无先王那般手腕，亦无那般德望，更如诸位所见，本人其貌不扬，庸碌无能，与先王简直不似骨肉血亲的同胞兄弟，是故我曾深感不安，不知究竟能否堪此重任，免受外侮。幸蒙素负贤名、德高望重的葛特露王后愿以国事为重，一生伴我左右，为我臂助，如此则王城根基已固，丹麦亦可安泰。诸位也辛苦了。先王故去至今已有两月，我却犹似身处梦中，好在有诸位以贤言良策相助，我才未犯大过，得以顺利继位。我既初出茅庐，还望诸位今后继续效忠尽勤，以安我心。啊，险些忘了。雷欧提斯，你说有事要拜托我，是什么事？"

雷："回禀陛下，其实是想请您允准我再次去法国游学。"

王："此事无妨。这两个月来，你也多有操劳。宫内之事已然告一段落，你大可去安心求学。"

雷："谢陛下。"

王："此事与你父亲商量过吗？波洛涅斯，你意下如何？"

波："回禀陛下，犬子委实纠缠不休，就在昨晚，我也终于不堪其扰，只好让他来请陛下定夺。嘿嘿，毕竟是年轻人，看来是对法国的滋味难以忘怀啊。"

王："倒也难怪。雷欧提斯，为人子者，父亲的认可比国王的允准更重要。一家和睦，即是忠君。既然你父亲也认可，那便去吧，只要当心别太伤身，就尽情去玩吧。青春尚在时，玩也玩得痛快，真叫人羡慕。哈姆莱特，你最近好像很萎靡，也想去法国吗？"

哈："我？别拿我取笑，我是要去地狱的。"

王："你生什么气嘛。噢，我知道了，你说过还想去威登堡的大学，但拜托你忍一忍。你即将继承丹麦王位，眼下国事纷乱，我才临时即位，一旦危机度过，人心安定，便会让位于你，我也好享享清福。所以从现在起，你必须待在我身边，一点点地好好学学政治是怎么一回事。不，我是想让你帮我。无论如何，放弃去大学吧，这是我作为父亲的心愿，而且你若不在，王后想必也会寂寞。何况，最近你身体似乎也不大好。"

哈："雷欧提斯……"

雷："在。"

哈："你真幸运，有个好父亲。"

后："哈姆莱特，胡说什么呢，我看你根本是在怄气。别摆出那副招人嫌的态度，有什么不满，就像个男子汉说清楚。我讨厌你那种口吻。"

哈："那我就说清楚？"

王："我明白。借此机会，我想和你私下里好好谈谈。王后不必气恼，年轻人自有年轻人的正当主张，我还觉得自己有许多事必须反省呢。哈姆莱特，你别哭了。"

后："他那是干打雷不下雨，这孩子从小就擅长假哭。陛下不用安慰他，该臭骂他一顿才是。"

王："葛特露，你要慎言。哈姆莱特不是你一人的孩子，他是丹麦国的王子。"

后："既然如此，我也有话要说。哈姆莱特已经二十三岁了，还要一直任性到几时呢。作为这孩子的生母，我为他感到羞愧。

您瞧，今日是国王第一天上朝，唯独他故意穿了不吉利的丧服来，怕是想以悲壮之士自居，却不顾这样做会给我们带来多大的痛苦，他连想都没想过。这孩子的所有想法，我全一清二楚。他穿这身丧服，就是要让咱们不痛快，多半是想讽刺咱们已把先王的死给忘了。其实谁也没忘，每个人内心里都悲痛万分，可眼下不能一味沉溺在悲痛之中，我们必须为丹麦国着想，为丹麦人民着想。我们哪有悲痛的自由呢，我们身不由己啊，而哈姆莱特根本不懂。"

王："唉，你太苛责了。话说得这么不留余地，只会徒自伤人，有害无益。王后你作为生母，有恃无恐，过于依赖这份舐犊之爱，才会说出这种话来，但在年轻人看来，说出口的话要比背地里的爱更重要。我记得自己年轻时也曾觉得，仿佛别人的一句话就会决定自己的一切。王后你今天是怎么了？就算哈姆莱特穿了丧服，我也觉得无甚大碍。少年的感伤是纯粹的，我们必须好生珍惜，不可试图迫使其与我们的生活同化，那是罪过。也许我们反而必须学一学这种少年的纯粹才是。有时我们自以为胸有成竹，却在不经意间失去了重要的东西。总之，我想和哈姆莱特私下里好好谈谈，诸位暂且退下吧。"

后："既然如此，那就拜托您了。我的话说得也许有点过分，但您似乎是把这孩子当亲生儿子看待，对他太过溺爱了，长此以往，这孩子永远也长不大。就算先王还在，见到他今天的态度，想必也会气得揍他。"

哈："揍就揍呗。"

后："你又在说什么呢，就不能老实点。"

国王、哈姆莱特

王："哈姆莱特，坐到这儿来。不想坐就站着也好，我也站着说吧。哈姆莱特，你长大了，已经跟我一般高了，今后也会越来越像个大人。不过，你得再长胖点，现在太瘦了，最近脸色也不好。你自己得多保重啊，想想你将来要肩负的重任。今天咱俩就在这里好好谈谈吧，只你我二人。我早就在等一个和你独处的机会，我会敞开心扉说出我的想法，你也不要心存顾虑，什么都可以坦率直言。须知两个人再如何相爱，不说出口也难明彼此心意，这种事在这世上屡见不鲜。哲学家的所谓'人类是语言动物'的观点，我好像能理解了。今天，咱俩就好好谈谈吧。这两个月来，我忙得无暇他顾，没机会静下心来和你聊一聊，请原谅我。而你呢，也一直躲着我，不跟我照面，我每次一进屋，你就突然离去。你知道我有多难过吗？哈姆莱特！抬起头来，清清楚楚、认认真真地回答我的问题，我有话要问你。你是讨厌我吗？我现在是你的父亲，你是瞧不起我这样的父亲吗？你是恨我吗？好了，请明确回答我。一句话就行，告诉我。"

哈:"A little more than kin, and less than kind.①"

王:"什么？我没听清。别开玩笑，我是认真的，你不要用那种谐音俏皮话一样的回答来敷衍我，人生可不是演戏。"

哈:"我应该说得很清楚了。叔叔！你尽管是个好叔叔……"

王:"却是个讨厌的父亲？"

哈:"感觉是作不了假的。"

王:"哎呀，谢谢。说得很好，你大可随时像这样说清楚，我是绝不会为实话生气的。其实，我的感觉也和你的一模一样。你看你，何必那样变了脸色瞪我呢，这表情有点夸张。虽然年轻时都这样，但你说别人说得那么过分，别人说你一句，你就上蹿下跳，大吵大嚷，却根本没想过，别人被你毫不客气地说三道四时有多难受，就像你被别人说了也会难受一样。"

哈:"哪有那种事，绝对没有……你乱讲。我总是被逼得走投无路，迫不得已才说的。我不记得自己说过什么不客气的话。"

王:"所以说，不光你这样。就像我们，也总是被逼得走投无路才口不择言，每时每刻都在竭尽全力地活着。也许在你们眼里，我们做什么事都仿佛犹有余力，充满自信，实则不然，

---

① "超乎寻常的亲族，漠不相干的路人。"（《哈姆莱特》朱生豪译）——译者注

我们和你们一样，几乎毫无分别。只要能平安无灾地度过一天，我们就会如释重负地感谢神明。尤其，我是身承哈姆莱特王室血统的男丁，如你所知，在哈姆莱特王室血统之中，流淌着优柔寡断的软弱气质。无论先王还是我，从小就是哭鼻虫，曾有外国使臣见我俩在庭园里玩耍，误以为是女孩子呢。我俩都体弱多病，据说御医甚至曾怀疑我们能否健康长大。然而，先王依靠后天的修养，变成了那么杰出的贤王，可见命运是可以靠意志去改变的，我现在信了，先王即是好榜样。如今我正在拼命努力，无论如何都想成为我们丹麦的顶梁柱。我真的尽力了。但眼下最让我操心的，哈姆莱特，你知道吗？是你啊。你方才说，感觉是毋庸置疑的，没错，我也没办法真正当你是自己的孩子。再说清楚点吧，你是我可爱的侄子。我一直当你是聪明伶俐的侄子，打心眼里疼爱你。而你呢，先王在世时，跟我这个山羊叔叔还很亲近。第一个发现我长了一张山羊脸的，就是我这可爱的侄子，我也很高兴当你的山羊叔叔。那时候真叫人怀念啊。如今，我和你成了父子，心却远离千里万里。你我之间曾经的爱，就这样变成了憎恶。这不幸究其根源，便在于我们成了父子。对此，我们不能置之不理。哈姆莱特，我有一个请求，请你自欺欺人。至少在臣子面前，要欺骗你自己的感觉，装作和我关系很好。我知道这样做很讨厌，很痛苦，但除此之外别无他法。王室不和，会失去臣子的信赖，致使民心黯淡，最终遭受外侮。正如王后先前所言，我们身不由己啊。一切都是为了我们丹麦，为了祖先传下的土地，我们必须舍弃自己的情感。这丹麦的土地、海洋、人民，不久都将交到你手上，现在我们必须合作。我不要求你爱我，坦白地讲，以目前的状态，我也无论如何感受不到那种足以令我发自内心喊你儿子，拥你入怀的父爱，所以我不能单方面地强迫你来爱我。只要在别人面前假装一下即可，这是我们彼此的艰苦义务。我想这是天意，我们必须服从。我相信，比起对爱的洁癖，隐忍于义务更能讨神的欢心。况且，哪怕起初只是做做样子的爱的寒暄，也有可能逐渐从中渗透，甚至喷涌出真爱来。"

哈："明白了。这点事我还是懂的，只是嫌麻烦罢了。让我再多玩一阵子吧，叔叔，我有一个请求，让我回威登堡的大学去吧。"

王："私下里叫我叔叔完全可以，但你必须答应，在王后和群臣面前叫我父亲。在这种无聊的小事上吹毛求疵，我也很愧疚，心里过意不去，但正是这样的细节，甚至会影响丹麦的命运。我从方才起一直拜托你的，便是此事。"

哈："哦，是吗？"

王："你怎么老是这样。我只要稍微说一点重话，你立刻就怫然不悦，拿这种敷衍的回答来搪塞我。"

哈："叔叔，不，陛下，是你在搪塞我的请求。我想去威登堡，仅此而已。"

王："真的吗？我觉得你在说谎，所以我才要装作没听见。想回大学并非你的真心话，不过是借口罢了。你那么说，无非是在试着反抗我，我不是不清楚。年少轻狂的翅膀，总免不了蠢蠢欲动，纵然毫无意义，也想拼命挣扎。我认为那是一种动物本能。你就是在把各种理想和正义的道理与那种动物本能结合起来，无病呻吟。我敢断言，即便先王依然在世，你也一定会反抗他，并且轻蔑他，憎恨他，背地里骂他不明事理，令他束手无策，因为你正是那样的年纪。你的反抗是肉体上的，而非精神上的，现在你就算去威登堡，在我看来，结果也显而易见。你的大学友人们大概会像迎接英雄一般，将你当作反抗守旧流弊的家风，与顽固冷酷的义父斗争，追求自由而重返大学的真正的朋友、正义洁白的王子，跟你接吻，同你干杯，让你沐浴在如雨的美酒之中。然而，那种异样的激情实则是什么呢？我想称之为生理上的感伤，就像狗发疯似的在草地上打滚乱蹭时的模样。我说得有点过分了。我并不是想全盘否定年轻的激情，那是神赐的一个时期，是必须穿越的火海，但当然要尽早爬上岸才行。尽情地疯狂、燃烧，而后及早醒悟，方为正途。你也知道，我绝非聪明人，不，实在是个差劲的笨蛋。即便是现在，也不能说我已清楚地觉醒，但至少我不想你失败。你调查过同学们当时喝彩的本质吗？他们是为得到了一位放荡不羁的前辈而感到安心。互相夸耀恶德和冒险，不以为耻反以为荣，只会让彼此迅速堕落成肮脏无能的老糊涂虫。我告诉你这些，是因为我曾做出同样的蠢事。在很长一段时间里，我过着放纵堕落的大学生活，而现在还剩下什么？什么都没有，只有令人讨厌的回忆，只有无病呻吟的惭愧，只有深陷惰性的感官。我以前拿那些坏习惯毫无办法，即使到了现在，我仍苦于应对。雷欧提斯不一样，他有着出人头地的愿望。一个人有了出人头地的愿望，就不会堕入颓废。而你，没有这种愿望，只有自甘堕落的激情。你已经过足了三年的大学生活，若是再和老同学继续那般狂热，重蹈覆辙，这次也许就无法挽回了。少年时代的不光彩的伤口，在大家的大笑声中轻易就能痊愈，但一个二十三岁男子的丢人现眼的伤口，则是血淋淋的，很难抹消。请你自重。大学生们只会用不负责任的激烈言辞来怂恿你，这我很清楚。方才在群臣面前，我以其他理由阻止你去大学，不，当时所说的也确实是重要的理由，但我更担心你现在年少轻狂的翅膀，担心其中的激情会去向何方。方才我在群臣面前所说的话，你也要放在心上，即我希望你待在我身边学习一下实际的政治，但除了政治上的考量，我作为你的父亲，不，作为愚蠢的前辈，我想我有义务对你的冒险提出忠告。我虽然说过，对你感受不到真正的父爱，但身为一个人的义务，则又另当别论。我想帮你，想把我从自身的愚蠢经验中好不容易得出的结论告诉你，保护你，一心想把你培养成优秀的人，对此你万万不可怀疑。你是丹麦的王子，独一无二的贵胄，须当更加自觉，别拿自己跟雷欧提斯等人比。雷欧提斯不过是你的一个臣子，他去法国是为了给自己镀金，所以那个精明的波洛涅斯才会允许。你没必要那样做，请务必放弃去威登堡的念头。这不再是请求，而是命令，我有义务把你培养成杰出的国王。你就留在王城里，尽快迎娶一位千金小姐，哈姆莱特。"

哈："我并不是想效仿雷欧提斯，根本没这回事，我只是——"

王："好了，好了，我知道。你是想见老同学了，有些事连我也不能告诉，对吧。那就更没必要去威登堡了，我已经叫霍拉旭过来了。"

哈："你叫霍拉旭过来了！"

王："瞧你高兴的。我知道他是你最好的朋友，我对他诚实的性格也很敬重。他现在应该已从威登堡出发了。"

哈："谢谢。"

王："那咱俩握握手吧。试着聊一聊，没什么大不了的，今后咱俩会越来越要好。今天我也对你说了失礼的话，别介意。宴会开始的炮声已经响起，大家恐怕都等不及了，咱俩一起过去吧。"

哈："唔，我想一个人在这里再想想，你先去吧。"

哈姆莱特一人

哈："哇，好无聊。翻来覆去说车轱辘话，没完没了。最近突然变得像煞有介事，尽说些莫名其妙的话，但说什么都没用，全是给自己找借口。归根结底，他还是那个山羊叔叔。以前常喝得酩酊大醉，被父王骂的，不就是山羊叔叔吗？教唆我一起去城外找女人玩的，不也是山羊叔叔吗？那里的女人说叔叔是猪妖，可见山羊这个称谓还算高雅的呢。不配，不配，简直可怜。他没资格，没资格当国王。山羊王，滑稽死了。不过，对叔叔不可大意。他居然看穿了，知道我其实无意去威登堡。大意不得呀。这便是所谓蛇懂蛇道吗？啊，想见霍拉旭。谁都行，想见老朋友。我有话要告诉你们，有事和你们商量！叫霍拉旭过来了，山羊叔叔干得好。不务正业者居然有出人意料的古怪直觉，山羊这家伙究竟知道多少？唉，我也堕落了。自从父王死后，我的生活也变得一塌糊涂。母后不支持我，站在山羊叔叔那边，完全成了陌生人，逼得我要发疯。我是个骄傲的人，一想到自己近来那些不知廉耻的行为就无地自容。我现在变得不敢说任何人的坏话，真卑劣。无论遇见谁都战战兢兢。唉，该如何是好呀，霍拉旭！父王死了，母后被人夺走，又有那个山羊妖怪假惺惺地一味对我说教。太恶心了，太肮脏了。唉，可是对我来说不止这些，还有更令人痛苦焦灼的。不，所有的一切都很痛苦。这两个月，种种纷扰乱糟糟地向我袭来，我从不知痛苦之事竟会如此接二连三地发生。痛苦再造痛苦，悲伤复生悲伤，叹息又添叹息。自杀，是唯一的解脱之法。"

二 波洛涅斯府邸一室

雷欧提斯、奥菲利娅

雷:"收拾行李这点小事,你帮我做不就行了。啊,忙死了。船早已扬帆迎风待航。喂,把那本哲学小词典拿来,这个可不能忘带,法国贵妇们最爱听有哲理的话。喂,在这个皮箱里洒点香水,作为绅士要有高尚的觉悟。好,这样一来行李就收拾妥了,出发。奥菲利娅,我不在家,父亲就托付给你照顾了。发什么呆呢。你最近总是一副很困倦的样子,看来思春期就是睡不够。那首'想着"我也有烦恼"的夜里照样呼呼大睡'的小歌,简直就是在唱你呢。别老打瞌睡,偶尔也要跟身在法国的哥哥我通通信哦。"

奥:"莫非竟是信不过人家吗?"

雷:"这说的什么怪话,听着真别扭。"

奥:"可是坪内先生——"

雷："哦，原来如此。坪内先生固然是东洋首屈一指的大学者，但他有点过于咬文嚼字。莫非竟是信不过人家吗？太糟糕了，简直是在卖弄风骚。不不，不全是坪内先生的错，你本身最近也变得有点讨厌。你须当心了，哥哥我什么都明白。口红涂得那么红，多低俗呀，干吗打扮得那么妖艳。"

奥："对不起。"

雷："啧！动不动就哭鼻子。哥哥我可是什么都知道得一清二楚哟。以前我一直装作不知，但我已经委婉地、不着痕迹地敦促你反省了，而你却毫不在意。现在说你，是因为我被气昏了头，没办法。我尽量不想对这种无聊的事置喙多嘴，太恶心，可今天我实在担心我不在家时会出事，就忍不住说了出来。事已至此，也许还是跟你全讲清楚为好。听好了，你和那人的事还是放弃吧。太愚蠢了，明摆着没结果，想想那人是什么身份就该明白。这事没的商量，我坚决反对。现在我明确告诉你，作为你唯一的兄长，并代替已故的母亲，我是绝对不同意的。父亲为人粗心懒散，看来尚不知情，一旦被他知晓，后果不堪设想。父亲将不得不引咎辞去现任的要职，我的前途也将一片黑暗，你也会沦为一个怀抱私生子的乞丐。听好了，你告诉他，我雷欧提斯曾对鬼神发誓，若他敢把我妹妹当作玩物，我无论如何也绝不容情，不管他是什么身份，我都要他的命。"

奥："哥！别说得那么可怕，殿下他——"

雷: "你这个白痴，还在说梦话，自甘下贱。既然如此，我就说得更清楚些。我所以反对，不光是因为他的身份。我讨厌他，极其讨厌。他是个虚无主义者、酒色之徒。我从小当他的玩伴，太了解他了。他聪明伶俐，老成早熟，不管做什么很快就能精通。弓术、剑术、骑术，乃至诗词、戏剧，他都能信手拈来，连我也感到不可思议。然而，他其实毫无热情，一旦有所进步，就会立刻放弃。他是个没常性的，我讨厌那种性格的人。他能迅速看透别人的心思，从旁独自窃笑，仿佛什么也瞒不过他，真是个讨厌的家伙。他在嘲笑我们拼了命的努力，那种人就叫轻薄才子，惯会装腔作势，顶讨厌。而且，一旦被国王或王后说了什么，即使当着群臣的面，他也会毫不顾忌地哭哭啼啼，真是个懦弱的家伙。奥菲利娅，你什么都不知道，但我知道。他根本靠不住。我们丹麦的男人比森林里的树叶还要多，哥哥会从中为你找到最强壮、最温柔、最诚实、最英俊的青年。喂，相信哥哥，以前你不是一直很相信哥哥说的话吗？哥哥从没骗过你，对吧？好，你明白了吧？算我求你，从今以后，忘了他吧。下次他若跟你啰唆，你就告诉他，雷欧提斯很生气，会要他的命。他是个窝囊废，肯定吓得脸色苍白，浑身颤抖。知道了吧？万一——嗯，应该不可能，但你若果真趁我不在，做出不知廉耻的鲁莽丑事，哥哥真的不会放过你俩。哥哥一旦发火，比谁都要可怕，你是知道的。那好，来，我们笑着道别吧。哥哥其实是信任你的。"

奥:"再见，哥，你也保重。"

雷:"谢谢。我不在，家里就靠你了。总觉得有点担心。对了，你在神面前向哥哥发个誓，不然我不放心。"

奥:"哥，你还怀疑我？"

雷:"不，怎么会呢。那，好吧，算了。确实没事吧？我可以放心吧？我不想在这种问题上纠缠不休，毕竟当哥哥的说这种事太过尴尬。"

波洛涅斯、雷欧提斯、奥菲利娅

波:"你怎么还在这里。方才你来辞行，我还以为你早就出发了呢。快，快动身吧。哎，等等。分别在即，我再教你一遍游学须知。"

雷:"啊，您已经讲过三遍——不，是四遍了。"

波:"多少遍有什么关系，重复十遍还嫌不够呢。听好了，首先，不要在意学习成绩。假如你有五十名同学，最合适的成绩就是排名四十左右，可别想着宁愿犯错误也要争当第一名。既然你是我波洛涅斯的孩子，就不该有那么聪明的头脑。要清楚自身能力的限度，懂得放弃，谦逊求学。这是第一点。其次，不要留级。即使作弊也不要紧，唯独不可留级，因为它会给你留下一辈子的伤疤。等你长大后担任要职时，别人也许能忘记你曾作弊，但不会忘记你留过级，他们会在背后挤眉弄眼交头接耳，指指点点嘲笑你。学校的设立，本就是为了避免学生留级，一旦留级，必定是学生自愿强求的结果，比如出于感伤啦，反抗教师啦，虚荣啦，无聊的正义感啦。有的学生反而把留级当荣誉，令父母伤心垂泪，等他们长大后即将出人头地时，就该后悔了。上学时，大家都相信作弊是最大的耻辱，留级才是英雄所为，但一踏入社会就会发现，事实恰恰相反。你要记住，作弊并不可耻，留级才是失败的根源。呵，等离开学校，你再和昔日的同学叙叙旧就知道了，大家几乎都在作弊。即使互相坦白，你们也只会拍拍对方的肩膀放声大笑，仅此而已，不会成为日后的伤疤。留级则不同，即使你坦白，听者也不会单纯地一笑置之，你会遭到莫名的蔑视。留级是出人头地的绊脚石，是卑躬屈膝的起源地。你若以为人生只有学生生活，那就大错特错了。万万小心谨慎，不可疏忽大意。你可是我波洛涅斯的孩子啊。

再次，是关于如何选择学友，这一点也很重要。务必找一个比你高一年级的学生做朋友，目的是向其询问考试要领，了解考官的评分习惯。此外，务必再结交一个同年级的高才生，为的是朝他借笔记，还可以在考试时挨着他坐。学友有这两人足矣，不必要的交友意味着不必要的花销。

那么，接下来就是关于金钱，这一点尤其需要注意。金钱借贷一概不许。朝别人借钱毋庸多言，极不体面，而借钱给别人也不行。纵然饿死也不要朝别人借钱，社会的存在，就是为了避免人们饿死。世俗之人，即使已忘了自己早将女儿嫁作人妇，也忘不了自己曾借给别人一两金币①。即使别人借一两要还十两，他也不会忘记自己借出的那一两。这也永远是出人头地的绊脚石。胸怀大志者，绝不会向他人借一文钱。借钱给别人也不行。向你借钱的人，自觉脸上无光，就想贬低你，所以一定会在背后说你的坏话。也就是说，很快就会招致不睦。身为男人，就该以'为了避免发生伤害我俩友谊的憾事，我不会借钱给你'这样的说辞，明确拒绝对方的请求，否则将来难成大器。听好了，在金钱的处理上必须谨慎，不准朝别人借钱，也不准借钱给别人。接下来是饮酒，要适度，但一定不要独饮。独饮是妄想的发端，是忧郁的帮凶，再怎么喝也不会畅快。一周一次，要和学友共饮，而且要记住，你别主动邀请对方，让对方邀请你，你再勉为其难地答应，这才是聪明人，而兴高采烈一口答应下来，则是愚蠢的冒失鬼。饮酒的礼法很复杂：烂醉如泥呕吐秽物是大忌，会被所有人轻视。大喊大叫，见到谁都找碴儿斗嘴，也只会让别人敬而远之，没有一点好处。要尽量

---

① 日本江户时代通用的标准金币，一枚即为一两。——译者注

坐在末席，专心聆听周围的讨论，一一点头表示赞同，这样的姿态最为理想，但你若不小心喝多了，情况也会变得复杂。这时你该突然起立，扯开嗓门高唱校歌，唱完微微一笑，继续喝酒。若有人执意与你争吵，你就该遽然肃容正色，直视对方，平静地说：'你也是个寂寞之人呀。'再如何好辩的人，也会顿觉兴致索然。不过，尽量还是该一笑置之，如风中柳丝般逆来顺受，方为上乘。一旦酒宴开始变得混乱不堪，你就该毫不犹豫地悄然起身回房，要养成这样的习惯。倘若生怕错过好事，逗留席间迟迟不去，似此优柔寡决之人，是万万无望飞黄腾达的。离席时别忘了，找个可靠的学友，把会费给他，只能多不能少。会费若是三两，你便给他五两，若是五两，你便给十两，一放下钱就速速离去，如此方为好男儿。这样一来既不损人又不伤己，你的名声自然会越来越好。对了，还有一点，饮酒时最当注意：酒席间切勿许诺。对此务必万分小心，否则后果不堪设想。饮酒会唤起激情，使人敞开胸襟，自然而然便在不经意间担下自己力所不及之事，直至酒醒后脸色苍白，却是悔之晚矣。此乃走向毁灭之第一步，所以不可醉中许诺。

接下来是女人。这也是免不了的，但须警惕，不可自负。你是我波洛涅斯的儿子，和为父一样没有女人缘。别忘了，你从小便鼾声如雷，简直震耳欲聋，除开你老婆，再没别的女人受得了。遇到女人诱惑时，你一定要想起你的如雷鼾声，可记住了？就算在法国被人嫌弃，丹麦自有非你不嫁的美丽姑娘，这种事交给为父处理即可，你在那边还是别太自负为好。年轻时寻花问柳，所为非嫖，而是去展现你的男子气概，所以要视自负为大敌。好了，接下来是——"

雷："赌博。输上五两就该笑着离开，不可赢钱。"

波："接下来是——"

雷："服装。要穿质地优良的衬衫和不惹眼的上衣。"

波："接下来是——"

雷："记得给房东太太带小礼物，但不能和她太过亲密。"

波："接下来是——"

雷："要写日记，要买些硬面包存着，要经常剪鼻毛，要——哎呀，要开船了。父亲，保重。到了那边缓些时日，我就写信回来。奥菲利娅，再见，别忘记哥哥方才的话。"

波："啊，这就走了，这家伙腿脚真利索。不过——算了，嘱咐那么多应该够了。哎呀，忘了说生活费的限额，啊，散步的必要性也忘记说了。算了，过后写信再说吧。咦，奥菲利娅，你的脸色怎么这么差，可是你哥向你提出了什么无理的要求？我知道，他问你要零花钱了对吧？光从为父这里拿钱还不够，他便吓唬你，逼你每月再偷偷给他寄去若干。嘿，肯定是这么回事。真是个坏蛋。"

奥："不，父亲，不是的。哥哥他不是那么无聊的人。不要紧的，就算您未像方才那般仔细叮嘱，哥哥他也都心里有数。"

波："是啊，理当如此，毕竟他都二十三岁了，若连那点事也不明白可怎么得了。尽管他和哈姆莱特殿下同龄，但他要比殿下成熟三倍之多。雷欧提斯这孩子，将来会比我这个当老子的更有出息。不过，我所以那般啰唆，仔细叮嘱，是经过深思熟虑的计策。那孩子虽然也会觉得很烦，但一想到还能有个人对他唠叨，他也就有了活下去的奔头。只要让他知道，这里有一个人为他日后的前途操碎了心，我就心满意足。尽管我拿种种注意事项絮絮叨叨地提醒他，但那些全是胡说八道，其实并不重要。雷欧提斯有他自己的生活方式，况且时代也不同了，随他自由决定该怎样做好了，只要让他知道我为他担惊受怕这一事实即可。只要还记着这件事，他就绝不会堕落。我想让那孩子知道，我还在替他死去的母亲为他牵肠挂肚。那孩子只要记得这一点，只要记得这一点——啊，我怎么一直在说同样的话。这就是老人的车轱辘话吧，不知不觉间我也老了。奥菲利娅，坐到这儿来，来，和为父坐一起。这样就好。唉，再听为父发会儿牢骚吧。你最近越来越像你母亲了，我总觉得像是在和你母亲说话。我想，你母亲在九泉之下一定也很高兴。雷欧提斯长得那么强壮，你又温柔懂事，对我照料周到。据说连城外的人都对你赞不绝口，我甚至听到传言，说什么像波洛涅斯那样的父亲怎会生出如此标致的女儿。简直岂有此理，不过罢了，为父现在真的应该算是很幸福，没有任何不满足。不过奥菲利娅，你听我说，为父近来不知为何，时而突感心下凄凉。为父可能快要死了。你别怕，我不是打算轻生。为父一直都在很认真地考虑，想努力活到一百岁，不，要活到一百零九岁呢。我要亲眼看着雷欧提斯出人头地，好好夸奖他，告诉他这下我彻底放心了，然后再死。我太贪心了，但这真的是为父的夙愿。现在，我对自身已不抱有任何期待，只是觉得为了你们才必须活着。失去母亲的孩子有多可爱可怜，雷欧提斯和你都不会知道。我为了孩子，再痛苦的事也愿意做。为父我呢，连这种事也想过。换句话说，人生中必须有一个在最后时刻夸奖你的人。以雷欧提斯为例，他今后也会为了得到别人的赞美而付出种种努力，但到那时，即使全世界的人都不假思索地夸他，至少我不会轻易夸他。越早得到赞美，越早容易满足。至少我会一直摆出难以取悦的嘴脸，反而要侮辱他。但到最后，我一定会夸奖他。我要成为所谓最好的赞美者，我会极力褒奖他，用上天可闻的大声音去赞美他。到那时，他就会庆幸自己一路努力走来，为自己仍然活着而感谢神。为了成为这最好的赞美者，我无论如何都想努力活到一百零九岁，不，一百零八岁也好，但最近，这个愿望开始变得异常可笑。明明想夸他却要忍着，反而得去责备他，就像明明想发火却只能忍着一样，非常痛苦。这么辛苦的角色，除了为父没人会去承担。这就是溺爱啊，是为人父母者的欲望。为父想让雷欧提斯变得更出色，连如此辛苦的角色也竭尽全力打算承担下来，但最近不知为何，我却感到很孤寂。不，为父今后还会继续责备你们。方才对雷欧提斯，我也唠叨了那么多，可是说完之后，为父却突生凄凉之感。换句话说，为父开始隐约明白，教育这东西，并非如我所料那般只是心理战术。总有一天，孩子会识破父母的手段。怎么样，对我来说是很大的进步吧。雷欧提斯尽管稳健，但毕竟作为男人，还是有点单纯，有时会被为父的巧计妙策所趁而拼命努力。那是他的优点。为父既然清楚，便也时常对雷欧提斯用计，而且都很成功。方才为父大声提醒雷欧提斯种种注意事项，他固然会生厌，但终归知道为父是在担心他，所以能在出发之际，由衷地感受到生命的意义。不过，奥菲利娅，我说奥菲利娅，再坐过来一点。为父从方才起一直想说什么，你明白了吗？”

奥：“您是在训斥我。”

波：“又来了，立刻又来了。正因如此，为父才会怕你，最近尤其怕得不行。我的计策在你身上行不通，一下子就会被识破。以前你可不是这样的，奥菲利娅。——没错，方才为父一直都在说你，但真的只是出于担心，不是在训斥你。不过，你为何不把话跟为父说清楚呢？你这样教为父好生寂寞。雷欧提斯那孩子我不怎么担心，我大声训斥他，他总是挺直身板听着。可是，奥菲利娅，我最近都不敢训斥你，连语气重一点嘱咐你也不敢。为父所以突生凄凉之感，原因即在于此；所以不再想活到一百零九岁，原因亦在于此；所以明白了教育并非心理战术，原因也在于此；所以觉得最好的赞美者竟显得可笑，原因同样在于此。还有，我觉得自己是不是死了才好。奥菲利娅，一切都是因为你。奥菲利娅，别哭，来，把你觉得痛苦的事统统讲给为父听。从方才起，为父就一直在迫不及待地等你开口呢，所以才把那些毫无意义的抱怨一股脑儿地说了出来，好让你也能轻松道出心事，但看来，为父果然还是不该使用太多的策略。对不起，为父不该耍心眼。好了，为父不再玩花招了，你也要信赖为父，大胆地讲出来吧。喂，你站起来要去哪里？何必逃呢，来，坐下。既然如此，为父便替你说。奥菲利娅，你方才被你哥气坏了吧，不是零花钱的事对吧？"

奥："父亲，您太过分了。够了。"

波："好，我明白了。奥菲利娅！你简直愚蠢，雷欧提斯生气也不是没道理的。今早有个下属向我提出了一个逆耳忠告，尽管事出突然，好似晴天霹雳，但考虑到你最近的憔悴模样，我想或许确有其事。我本欲相信事实并非如此，但不管怎样，还是想在不伤你心的程度下，不动声色地、委婉地问一问。如我所说，我已尽了最大的努力，好言好语宽慰你，委婉相问，谁知你竟如此固执，非但缄口不言，甚至还想逃开。但是，我已经明白了。奥菲利娅，你们的恋爱是卑怯的，没有一点纯真，不清不白。为何非要对我们这般隐瞒呢？那位的态度也真叫人大开眼界，居然恬不知耻地穿上丧服，对自身的不义不予理会，反而对国王和王后吹毛求疵。现在年轻人的恋爱，就是这样的吗？喜欢就喜欢，你和他固然身份有异，但今时不同往日，应该不至于再引起一片哗然。为何不单纯一点讲出来呢？克劳狄斯陛下并非不明事理之人，我年轻时也不是没犯过错。你们虽无恶意，然而已经迟了，造成如此轰动，殊为不妙。笨蛋，你们真是笨蛋。没用了，再怎么哭也没用了，真是服了你们。这么说，雷欧提斯全知道了？"

奥："没。哥哥说，那样就要他的命。"

波："是啊，雷欧提斯的确会这么说。嗯，对雷欧提斯别作声便是。他若继续掺和进来，就越发不可收拾了。这事真讨厌，所以我讨厌女孩。哼，奥菲利娅，你让王后的宝冠从你手上白白溜走了。"

三　高岗

哈姆莱特、霍拉旭

哈："好久不见，很高兴你能来。威登堡怎样了，情况如何，大家是否一如从前？"

霍："这边好冷啊。海岸的气味真好闻。风从海上直吹过来，受不了。这里每晚都这么冷吗？"

哈："不，今晚还算暖和的呢。暂时是有些冷，但今后只会越来越暖和，毕竟丹麦也快开春了。怎么样，大家都还好吗？"

霍："王子殿下，先别问我们如何，倒是您自己呢？"

哈："这说的什么怪话，你是不是听到了什么于我不利的谣言？威登堡的人就是爱嚼舌头。霍拉旭，你怎么怪怪的，总觉得冷冰冰的。"

霍："不，绝无奇怪之处。王子殿下，您真的没事吗？啊，好冷。"

哈："王子殿下？你原来可不是这么叫我的吧。喂，像以前那样叫我哈姆莱特。怎么一下子变陌生了呢。你来厄耳锡诺到底要做什么？"

霍："抱歉，抱歉。果然还是以前那个哈姆莱特殿下，动不动就生气。没想到您精神如此之好，看来是真的没事。"

哈："你这口吻可真讨厌。你一定是听到了什么不好的谣言。是什么？是怎样的谣言，说说看。是叔叔跟你多嘴了吧，肯定是。他明明什么也不了解，却老是多嘴。"

霍："不，陛下的信充满了感情，大意是说您很无聊，让我过来陪您说说话。字里行间十分客气，教我不胜惶恐。那是一封难能可贵的信。"

哈："撒谎。他一定还在信中提到了别的事。我还以为至少你不会骗我呢。"

霍："哈姆莱特殿下，我霍拉旭是你的老朋友，不会拿谎话敷衍你。好，我就把我在威登堡的一切见闻，都原原本本地告诉你吧。这里实在太冷了，我们回屋去吧。为何要把我拉到这种地方来。见了面一句话也不说，就带我到这种又冷又黑的地方，然后才说'好久不见'，就算是我，也难免生疑嘛。"

哈："生什么疑。哦，我想我大概明白了。不过，你这么想可真让我吃惊。"

霍："您明白了？总之先回屋吧，我没穿夹克来。"

哈："不，就在这里说。关于这件事，我也有堆积如山的问题想问你，被别人听到就麻烦了，在这里则无妨。我知道你冷，忍一忍吧。人一旦有了秘密，就会当真觉得隔墙有耳。我最近也变得有点疑神疑鬼。"

霍："我理解。我知道这次发生的事令人悲叹，我也见过先王两三次……"

哈："岂止悲叹，都已燃成熊熊烈火了。总之，何不先说说你在威登堡的所见所闻。你若是冷，给，我的外套拿去穿。看来在文明国度留学太久，皮肤也会变得敏感呢。"

霍："不好意思。我没穿夹克来，实在受不了。那我就不客气了，借您的外套一用。嚯，现在好了，暖和多了。谢谢。"

哈："怎么还不快说。我看你到丹麦就是来嚷嚷冷的。"

霍："实在太冷了，非常抱歉。哈姆莱特殿下，那我可就说啦。咦，那边阴影里好像站着一个人。"

哈："你说什么呢，那不是柳树吗？树下幽幽泛着白光的是小河。河水很窄，但有点深，前几天还结着冰，现在却已融化，水势颇急。你比我还胆小呢，看来在文明国度留学太久——"

霍："神经也会变得敏感呢。这么说，没人在偷听喽？多大的事都可以说喽？"

哈："故弄玄虚。我一开始不就说这里绝对无妨吗？所以才把你拽了过来。"

霍："那我就说啦，您可别吃惊。哈姆莱特殿下，大学的那帮家伙传说您失心疯了。"

哈："失心疯？真是胡闹，我还以为是什么风流韵事呢。荒唐，一看就知道的事。从哪里会传出这等谣言呢。哈哈，我知道了，是叔叔的宣传吧？"

霍："您怎么又说这种话了。陛下为何要宣传那种无聊之事呢？绝对不是。"

哈："你别急着一口否定。山羊叔叔可是一个相当的浪漫主义者呢。他还一厢情愿地自以为悲壮，感慨和我成为父子之后，心反而远离千里万里，爱变成了憎恨什么的，所以这次一定是他又改了主意。先王辞世，嗣子哈姆莱特不堪悲痛，抑郁发狂，而敢于承担这一家的不幸，毅然挺身而出之人，正是新王克劳狄斯。——若是演戏，此处正是一大高潮。是叔叔的宣传没错啦，他总是想方设法凸显自己，以博取人们的好感，所以最近当我是傻子，费尽心思故弄玄虚，我看着都觉得可怜。但他居然到处宣扬说我疯了，岂有此理，太过分了。叔叔是个坏人。"

霍："我重申一遍，这不是陛下的宣传。哈姆莱特殿下，您才真可怜呢，您什么都不知道吧？传到大学的谣言可没那么简单。啊，我不能再说下去了。"

哈："是什么？你这故作深沉的口吻太讨厌了。叔叔吩咐你什么了吧？叫你来督促我反省，或是别的什么，对吧？"

霍："我再重申一遍，陛下在信中只是叫我来陪您说说话。我想，陛下做梦也料不到，我会给您带来如此可怕的谣言。"

哈："是吗？不，也许还真是。倘若果真是叔叔在大学里散布那样的谣言，他应该不会冒险把你叫到我这儿来，你一来不就都全露馅了。假如不是叔叔，又会是谁干的呢。真把我搞糊涂了。总之，说我发疯就太过分了，尽管当下的确有些事令我十分痛苦，若真能失去理智，也许反而更幸福。这个嘛，过后再说吧。霍拉旭，所谓谣言，只有这些吗？总觉得还有下文，对吧？说说看。我不在乎，真的不在乎。"

霍："一定要说吗？"

哈："别闹了。话是你自己说的，现在却要卑怯地逃避，威登堡如今很流行这种无病呻吟、装腔作势的台词吗？"

霍："那我就说。既然您如此侮辱我霍拉旭的诚实，我就告诉您好了。请务必不要在意，那只是一个无聊的、不值一提的、荒谬的谣言，臣霍拉旭根本就不相信。"

哈："那些都无所谓。我可不高兴了啊，头一次知道你说话也会这么死板。"

霍："我这就说。传闻，厄耳锡诺王城最近闹鬼……"

哈："又这么过分。霍拉旭，你不是说真的吧。笑死我了，太荒唐了。威登堡的大学也堕落了呢，其特有的科学精神去哪儿了？听说最近大学里盛行研究戏剧，说不定便是其中有脑子不好的笨蛋研究生，想出了如此拙劣的闹剧。即便如此，闹鬼？多么贫弱的想象力啊。竟还有人觉得有趣，鼓噪起哄，可见最近大学的素质也走了下坡路。闹鬼，加上哈姆莱特发疯，像是三流戏里的剧目。叔叔告诉我大学很无聊，叫我不要去，原来是真的。看来叔叔比我聪明多了。要是连我也和那帮无聊的家伙交际来往，一同起哄嚷嚷闹鬼，叔叔这次也会打心底感到恼火、无奈吧。就不能编出些机灵点的谣言吗？"

霍："我是不信的。但是，请不要说母校的坏话，我听了不舒服。"

哈："抱歉。你自然另当别论，叔叔一直也只夸你好，说你是个诚实的人。他说我不必特意去威登堡，只要叫霍拉旭过来即可。我其实并非真的想上大学，我只是想见你。"

霍："我发誓效忠，但请恕我直言，方才所说的奇怪谣言，绝非传自我们威登堡大学。为了母校的名誉，此事我要先说清楚。谣言系起源于厄耳锡诺城下，并逐渐传遍丹麦全国，最后才传到了外国大学那些人的耳中。这谣言委实无理，荒谬绝伦，我最近也郁闷得不行。哈姆莱特殿下，您至今一点都不知情吗？"

哈："我当然不知情，这事太荒谬了。不过，看来已经传开了呢。一旦传开，纵然荒谬，也不可再一笑置之了。不晓得叔叔和波洛涅斯他们是否知情。那些人的耳朵究竟长哪儿去了，难道是假装没听到？毕竟他们都很阴险。霍拉旭，究竟闹的什么鬼？我有点好奇了。"

霍："在此之前，我有件事想问清楚。您不介意吧？"

哈："霍拉旭，我真是怕了你。快说吧，什么都行，总之快说吧。你再这么装模作样，我都想跟你绝交了。"

霍："我这就说。说了之后，可能没什么大不了的，您一定又会一笑了之。我好像也开始有这种轻松开朗的感觉了。即便如此，为了慎重起见，有件事我还是要先问清楚。哈姆莱特殿下，您当然是相信当今陛下的为人的，对吧？"

哈："这问题还真意外，有点不好回答呀，伤脑筋。该怎么说呢，真难啊。这种事管他呢，怎样都无所谓不是吗？"

霍："不，有所谓。现在不问清楚，我是不会说的。"

哈："好严厉啊。你变了，变得过于顽固。你以前可不这样。好吧，算了，我就回答你吧。为何至今还要问我这种事呢？叔叔尽管有其怠懒之处，倒也不是多坏的人。但你若问我是否信其为人，我也不太确定。关于叔叔，在民众当中也有种种不好的传言对吧？不管怎么说，这次的事做得不大好看。不过，那当然不是叔叔一人决定的，也不可能由一人决定，而是在以波洛涅斯为首的群臣的评定下决定的。再说我也不是马上就有能力即位的人，毕竟丹麦目前似乎正处在艰难时期，随时可能同挪威开战。我尚无自信，所以叔叔即位，我反而乐得轻松，真的。我想再和你们自由自在地谈笑游玩一阵子。这没什么，本不就是叔侄关系吗？是最亲近的亲人。我的确会对叔叔说些任性的话，有时也会故意气他，有时瞧不起他，还经常故意闹别扭，不好好回他的话。但那是叔侄之间的事，我也许是在撒娇。不过，这点小事我想叔叔是明白的，毕竟有些地方我还是很依赖叔叔的。他是个好叔叔，性格软弱，大概也没什么政治手腕，而且不管怎么说，他终究是那个山羊叔叔，所以会令人失望。因为，尽管他看起来在各方面都很努力，但谁叫他本就不是那块料呢？真可怜。他让我叫他父亲，但我做不到。至于母亲，她做出的事也不好看。大家都说，为了巩固哈姆莱特王室的基础，这是最好的办法，于是母亲似乎也动心了，可结果呢？他们都已上了年纪，大概是怀着找个老伴儿的想法结了婚，可是在我看来，这件事还是挺尴尬的，但我正尽量让自己不去想得太深。没法子呀。身为人子，对父母行种种下作的调查，欲探个究竟，是不可饶恕的恶德。如此下贱的孩子，不配为人，不是吗？虽曾一时寂寞不堪，但我现在已让自己不去想了。毕竟，这世界又不是因我一人的爱憎之念而运动的，算了，他们的事，只能随他们自己了。如何？我这样回答，你可别不依不饶。总之，种种事态十分复杂。不过，叔叔不是坏人，这一点我很确定。他也许是个小谋士，但绝非大恶徒，做不出什么大坏事的。"

霍:"谢谢，哈姆莱特殿下。听您这么说，我就放心了。无论如何，今后请继续相信陛下。我也喜欢现在的陛下，我觉得他是个文化人，古道热肠。哈姆莱特殿下，您方才的意见，给了我百倍的勇气，我要向您道谢。您果然还跟以前一样明朗，纯真的判断没有一丝阴霾。太好了，我好开心。"

哈:"少给我戴高帽子。怎么突然之间就高兴起来了，真是个任性的家伙。霍拉旭，你也还是以前那个冒失鬼呀。然后呢？究竟是什么谣言？我发疯了，王城闹鬼，还有什么，闹鼠灾吗？"

霍:"何止鼠灾，简直愚蠢透顶，荒谬绝伦，岂有此理，真真是丹麦之耻。哈姆莱特殿下，我告诉您吧。唉，实在是万分无理，荒诞至极，无知低级！"

哈:"够了。尽罗列那些蹩脚的形容词，真受不了你。莫非你也加入威登堡的戏剧研究会了？"

霍:"首先，您说得没错，我是想尝试扮演忧国诗人这一角色。其实，我已经放心了。哈姆莱特殿下，方才承您给出那般明快的判断，我才有闲心说笑。您可别笑，尽管这谣言委实可笑。您一定会笑的。不过，既然这谣言已经传遍整个丹麦，甚至传到了远在外国大学的我们的耳中，我想也不能仅仅一笑了之，有必要采取严格的管制。可别笑哟。实在是，我也觉得这谣言无聊到不值一提了。据说，先王的鬼魂每晚都会出现，要人为他报仇，而他托付的人便是您，哈姆莱特殿下。"

哈："要我为他报仇？真奇怪。"

霍："真是的，不成体统。而且可笑的是，这还没完呢。那鬼魂说：'吾系克劳狄斯所害，克劳狄斯恋慕吾妻……'"

哈："太过分了。说成'恋慕'就太过分了，母后她可是满口假牙呀。"

霍："所以我说别笑嘛。唉，请继续听，还有呢。鬼魂还说：'彼欲横夺吾妻，并觊觎王位，遂乘吾午睡不备，悄然潜至，以剧毒灌入吾耳……'考虑得还挺周全吧？'哈姆莱特，汝若有孝心，切莫隐忍此恨。'"

哈："住口！就算是鬼魂，也不要胡乱模仿父王的腔调。对死者要庄重，别冒犯。你的玩笑似乎有点过火了。"

霍："抱歉。我一不小心得意忘形，绝非忘了先王遗德。只因这谣言太过可笑，才不知不觉开玩笑过了火。对不起。尽管语出无心，却触动了哈姆莱特殿下的伤心愁肠，我霍拉旭实在是个不可救药的冒失鬼。"

哈："不，这没什么，我对你大吼大叫才失礼呢。是我太任性了，你别介意。再说回那鬼魂，后来怎样了？快告诉我嘛，这还真是异想天开啊。"

霍："是。据说那鬼魂每晚都站在哈姆莱特殿下的枕畔说那些话，殿下因恐惧、疑虑和苦闷，终至发疯了。这谣言可谓毫无根据。"

哈："是有可能的。"

霍："啊？"

哈："的确有可能。霍拉旭，我不开心了。这谣言太可怕了。"

霍："果然还是不该告诉您吗？"

哈："不，很好，就该告诉我。汝若有孝心……哈哈，霍拉旭，那谣言是真的。我一直就是个滥好人呀。"

霍："您说什么呢。所谓闹别扭，形容的就是您这样的人。那不过是粗鄙小民造谣罢了，纯属无稽之谈。"

哈："你不明白。我很不甘心，你不知道吧？想想看，因毫无根据之事而受到侮辱，与有根有据而被传出谣言，哪种更教人不甘心。我一定会找出根据来。哈姆莱特王室中人——父王、叔叔、母后和我，因没有根据的无稽之谈而如此被民众嘲弄，这是我不能忍的。应该有些根据才对。既然这谣言传得如此入情入理，说不定确有其事呢。倘有些根据，我反倒轻松，无根无据的无端侮辱才忍不了呢。遭到民众嘲弄的，是哈姆莱特王室啊。叔叔也真可怜，难为他拼命努力，一番心血却被这谣言白白糟蹋了。太过分了，真叫人不愉快。我要直接去问叔叔，不查出根据来决不罢休。霍拉旭，你会帮我吧？"

霍："既然如此，责任在我。唉，不能交给我处理吗？哈姆莱特殿下，恕我失礼，您有点耍性子了，我只能认为您是在故意闹别扭，明明方才还笑得那般纯真呢。那本就是毫无根据、无理取闹的谣言，怎可鲁莽地去问陛下，简直荒唐，只会给陛下徒增困扰。我无论如何都想相信您先前的明快的判断。您已经忘了吗？您不是说您相信陛下吗？那只是胡诌吗？"

哈："要适可而止呀。侮辱也要适可而止呀。你觉得我父亲是那种变成鬼魂口出污言秽语之人吗？哇，这一切都太荒唐了。既然如此，我倒不如真发疯算了。你很高兴吧，霍拉旭。我就是耍性子闹别扭了，那又如何？你不明白，不明白啊。"

霍："过后我想和您好好谈谈。这是臣霍拉旭一生的失策，我没料到您会如此激动。哈姆莱特殿下，您还是老样子啊。"

哈："是啊，还是老样子，和以前一样喜怒无常，冒失鬼的头衔冠在我头上也无不可。我修养不够，不是那种被人如此愚弄还能面带微笑的大人物。霍拉旭，把外套还给我，这回换我觉得冷了。"

霍："还给您。哈姆莱特殿下，我想明天再好好谈一谈。"

哈："求之不得。霍拉旭，你生气了？啊，能听到海浪声。霍拉旭，今晚我本想告诉你一个更重要的秘密，能再陪我一会儿吗？关于那谣言，我也想和你再聊聊，而且，我还有一个痛苦的秘密哟。"

霍："我希望明天彼此都冷静下来之后再谈，今晚就饶了我吧，我也想花点时间考虑一下。再说了，毕竟我没穿外套。"

哈："随你的便。你这人所以不行，就是因为不相信人类的激动的纯粹性。那么，好吧，晚安。霍拉旭，我真是个不幸的孩子啊。"

霍："我知道。霍拉旭永远站在您这一边。"

四　王后的居室

王后、霍拉旭

后："是我请陛下将你从威登堡唤了过来。昨晚你已见过哈姆莱特了吧，如何？完全不行吧？他怎就突然变成那样了呢，说话不着边际，动辄勃然大怒，转眼又癫狂大笑，下一刻却当着群臣的面哭哭啼啼，而且我告诉你，他还满嘴瞎话，咬住陛下不放。为了他一个人，你不知道我有多痛苦。那孩子以前就很懦弱，有点畏畏缩缩，但还不太严重。他一高兴，就发明些颇新奇的笑话逗我们笑。他身上也有着相当的天真无邪。他那亡父老来得子，对他十分疼爱，而在我，他也是宝贵的独生子，所以便随他想做什么做什么了，可是这样的抚养，看来反而害了他。父母老来得的孩子，似乎要劣于常人。不能总是依赖父母，恃宠撒娇啊。那孩子很喜欢他已故的父亲，即使上了大学，一旦放假回城，仍从早到晚泡在父亲的居室里。小时更甚，片刻不见父亲就不高兴，见人就问父亲去哪儿了，大家都拿他没法子。这么喜欢的父亲，却因突发心脏病猝然离世，那孩子当然会不知所措了。先王去世后，他突然变得特立独行，令人无奈，而且——唉，这事是不体面，但为了丹麦，我与克劳狄斯陛下结为夫妻，尽管只是名义上的，但对那孩子来说也属意外，我想这件事一定也让他的心情变得相当灰暗。我想了很多，觉得那孩子也很可怜，不能全怪他，但他是哈姆莱特，丹麦国的王子，不久必须继承王位。纵然父母双双离去不在身边，倘若一直哭着闹着找别扭，首先就会被臣子们小看。我认为，当下正是关键时期。虽说我和克劳狄斯陛下结了婚，但又不会去别的城，应该仍和以前一样，我依然会作为哈姆莱特的生母，和他一起生活下去。况且当今陛下本就不是外人，是和哈姆莱特那么要好的叔叔，所以我想，只要哈姆莱特能把这段日子的偏见心理稍微纠正一下，一切都将变得圆满而稳妥。克劳狄斯陛下也收敛了过去的轻薄行状，正在拼命努力争取不亚于先王的伟大功绩。他也很担心哈姆莱特，只是既为亲戚，想必有诸多顾虑。我夹在他二人中间，总是提心吊胆。哈姆莱特已经彻底瞧不起他的叔叔了，那怎么行。陛下已不再是以前的山羊叔叔了，既然已成父子，哈姆莱特就必须讲点礼貌才行。据说丹麦眼下正处在危险时期，甚至风传挪威已派遣军队去往国境。在如此紧要关头，这算怎么回事啊。明明只要哈姆莱特乐意跟我们亲近，这厄耳锡诺王城便可人心得治，陛下也能加强信心，专注外交。真是个傻孩子。我觉得他对'丹麦王子'这一身份的认识还不够。都二十三岁了，还像个女孩子似的，跟在先王和母亲身后打转。霍拉旭，你今年多大了？"

霍："回禀王后陛下，托您的福，我今年二十二岁了。"

后："你瞧瞧，哈姆莱特本该算是大你一岁的哥哥，可是看起来却完全相反，你比他像要大上整整五岁呢。你的身体看起来很结实，听说学习成绩也很好，最重要的是为人稳重。你父母还是老样子吧，身体可好？"

霍："多谢王后陛下。他们仍在乡下的城里悠然度日，全赖仁政之福。"

后："我真羡慕你母亲。有子若此，该是何等乐事啊。相形之下，我看哈姆莱特也就那样了，没什么前途。一点悲伤都会令他惊慌失措，又是啼哭，又是怄气……"

霍："我不是要反驳您，但哈姆莱特殿下，不，王子殿下，不，哈姆莱特殿下，绝非那等顽劣之辈，他是我唯一尊敬的人。我才是微不足道的冒失鬼，总挨殿下训斥。我最喜欢哈姆莱特殿下，所以我一站在他面前，总是变得语无伦次。殿下非常聪明，我想说的事，他不等我说出口就知道了，简直吃不消。"

后："那可不是优点。你维护好友的心情我能理解，但也不至于特意举出那孩子的缺点加以赞美。那孩子从小就擅长察言观色，反而是他生性畏缩的证明。顶天立地的男子汉完全不需如此。"

霍： "恕我不敢苟同，我觉得您不该这么事无巨细地数落哈姆莱特殿下。家母从不会比我先进卧室，我睡了她才肯睡。就算我让她先睡，她也会说：'你不是我一人的孩子，马上就要成为国王陛下的堂堂家臣，我代陛下养你，不可不敬。'所以绝不先睡。便是我这样的一无是处的孩子，受到那般诚挚的敬爱，也会立志好好做人。王后陛下，您对哈姆莱特殿下的数落太过火，使得他无地立足了。方才您也说过，哈姆莱特殿下是丹麦国的王子，您不记得了吗？殿下是丹麦国的王子，不是您一人的孩子，而且，他是我们今后应奉献生命去守护的主人，请对殿下多加爱护才是。"

后： "哎呀哎呀，没想到你反而会教我做事。你对哈姆莱特的死心塌地的忠诚我能理解，但你毕竟还是个孩子，今后不许用这种傲慢的语气和我说话。亲生母子的真情，外人往往是不了解的，绝不该说三道四。你母亲看来的确是个贤母，行事作风与我不同，但即便换作是我，也不该妄加置喙。母子之事，就该交给母子解决。臣子与王室，处境大不相同，所以今后不许你再出于一时狂热而放肆地发号施令。哈姆莱特是不是对你说了什么？"

霍： "回禀王后陛下，没说什么……"

后：“不必突然如此拘谨，方才的劲头哪儿去了，你这样别人会说你像哈姆莱特的。男孩子就该有男孩子样，挨了骂也别打怵，要明明白白地回应。哈姆莱特一定又说我们的坏话了，没错吧？”

霍：“恕我不敢——不，恕我，恕我，不敢……”

后：“你在说什么呢。男人胆子太小可不像话。除了放肆地发号施令，不管是反驳还是什么，我都不会怪你，所以像个男人一样说清楚。哈姆莱特是怎么说我们的？”

霍：“他同情你们，说你们很可怜。”

后：“同情？可怜？这倒怪了。你又在维护他吧？一定是哈姆莱特想了很多法子封你的口。”

霍：“不，我不是要反驳您，封口什么的，哈姆莱特殿下可不是会做出那等卑怯之事的人。当面不能说的话，殿下在背地里也绝不会说，若是有话想说，他一定会当面说。上大学时他就是这样，现在也是这样，可以说向来都是这样。”

后：“一说哈姆莱特，你就噘嘴不满，嗓门也大了，看来你俩很合得来。哈姆莱特是那种没有架子又不小气的性子，据说在下属中间很受欢迎。”

霍：“王后陛下，我无话可说，不会再回答了。”

后：“我不是在说你。你不是哈姆莱特的好朋友吗？不只哈姆莱特，连我也很依赖你。听你这么一说，许多事我才明白过来。你动辄发怒这一点，真的跟哈姆莱特一模一样。现在的年轻人，有些地方一点点地越来越像了呢。别那么脸色铁青的，再放松些，对我大可无话不谈。听你一说，我才知道哈姆莱特是个不会在背地里诋毁别人的孩子。若是真的，我也高兴。那孩子说不定也有出人意料的可取之处呢。"

霍："所以，我方才就……"

后："够了。我不许你逾分发号施令，你们太容易兴奋了。哈姆莱特居然少见地说什么我们可怜之类的话，这可不像平时的他。他真这么说？"

霍："王后陛下，连我都觉得您很可怜。"

后："又来了。捉弄老人是你们的恶习。我怎么就可怜了？来，你说清楚。我顶讨厌这种故弄玄虚的说法。"

霍："那我就说。因为王后陛下对哈姆莱特殿下的心思一无所知。殿下昨晚对我痛切地说：'我年方弱冠，常给叔父和母后添麻烦，他们很可怜。'他还说，'叔父即位，于我有莫大的帮助。'哈姆莱特殿下是相信当今陛下的爱的。他也许会说些任性的话，或故意说些招人嫌的话，但那也是因为叔侄之间的爱让他放心。他甚至曾说：'我们不是最亲近的血亲吗？有什么打紧，我也许是在撒娇，叔父本该明白的，可他却心怀偏见，说什么爱变成了憎恨，太可笑了。'他还曾说：'我真的很喜欢叔父。'我霍拉旭听了感动万分，高兴得快要哭出来，在心里大喊：'丹

111

麦万岁！'哈姆莱特殿下是一位伟大的王子，从不妄自怀疑别人，其判断如拂过麦田的春风般温暖、清爽，不带一丝滞涩。殿下向我说起王后陛下，当然是带着对亲生母后的绝对信赖和自豪的。关于此次成婚，他也表示：'身为人子，行种种下作的批判，是最大的恶德，不配为人。'"

后："谁？谁不配为人？你再说一遍，说清楚。"

霍："我应该说得很清楚了。哈姆莱特殿下的意思是，身为人子，却对王后的成婚做出种种下作的想象，似这等下贱的家伙不如死了的好。哈姆莱特殿下的气质高洁明快，如山中湖水般澄澈，我霍拉旭昨晚从殿下那里得到了许多宝贵的教训，他是我们全体同学的榜样。"

后："真不得了。你这么夸哈姆莱特，连我听了都脸红。你所尊敬的，想必不是我那孩儿，而是另一个也叫哈姆莱特的好孩子。我怎么也不敢相信，那孩子能说出如此有男子气概的话。你为何要这般掩饰呢？没有谁比亲生母亲更了解自己孩子的性情——不，是孩子的弱点。因为，那也是母亲的弱点。我也不是没有缺点的人，我为人的不足之处，也不幸地传给了那孩子。我对那孩子再了解不过，连他右脚小趾的黑趾甲也一清二楚，你休想用花言巧语哄骗我。别隐瞒了，说实话吧。哈姆莱特若果真如你方才所言，是个懂事老实的孩子，我就不担心了，但我无法相信。我不认为你完全是在对我撒谎，你是个不擅撒谎的纯真的孩子。何况我早就知道，那孩子的确有你方才说的质朴的一面。想必是昨晚，他让你见到了那好的一面。不过，你还有别的事瞒着我。看那孩子最近的表现就知道，他绝不像你方才说的那么想得开，心无芥蒂。我怎么也不认为，他会安心于血亲关系这一事实而撒娇磨人。你觉得呢，霍拉旭？请告诉我真相。母爱愈深，怀疑愈深。你拼命为哈姆莱特辩护，我心里也很高兴。怎会不高兴呢，哈姆莱特有你这样的好朋友，他很幸运。不过，我的担心在更深处。我独自忧心忡忡，期待那孩子有什么苦恼都可以向我这个做母亲的坦诚倾诉，可哈姆莱特总是闪烁其词敷衍我。我这个做母亲的，也想纵身跃入哈姆莱特眼下所处的困境，在不为人知的情况下解决问题。做母亲的，都是笨蛋。你明白吗？方才我对你说了许多听来似乎不怀好意的话，但我绝不是憎恶哈姆莱特才这么说的。有一桩事天经地义，教人羞于启齿，但我还是要说：在这世上，我最爱的人就是那孩子，就是哈姆莱特。我太爱他了，见不得他独自烦恼。求你了，霍拉旭，你要帮我。哈姆莱特究竟是因何事而烦恼？你不会不知道。"

霍："王后陛下，我不知道。"

后："你还这么说——"

霍："不，很遗憾，我是真的不知道。昨晚，我其实犯了个大失误。诚如王后陛下所言，哈姆莱特殿下心里好像怀着特别

113

的苦恼。他似乎很想说给我听，可我没穿外套，冻得受不了，没办法静下来听。我真是个蠢货，一点用也没有，不光没用，昨晚甚至还犯下了罪过。王后陛下，事情不得了了，我简直就是特地从威登堡回来放火的。昨晚，我在床上呻吟了整宿，一点也睡不着。这件事责任完全在我，无论如何我一定会处理好。今天，我打算稍后就和哈姆莱特殿下好好谈谈。"

后："你说什么呢，我一点也听不懂。你们说的话，全都没头没脑的，教人一头雾水，完全猜不出来。究竟是什么意思？你和哈姆莱特吵架了？若是这样，我可以为你们仲裁。一定是展开了一场莫名其妙的哲学争论吧，没什么好担心的。"

霍："王后陛下，我们不是小孩子，事情没那么简单。我向安和的家庭放了一把火，我是犹大，不，比犹大还差劲，我背叛了所有我爱的人。"

后："怎么突然哭起来了，堂堂男儿哭鼻子可不像话。这叫我如何是好呢。你们总是玩这种令人作呕的游戏吗？说什么犹大放火，夸张得好像演戏一样，装模作样地争论来争论去，然后又哭又笑。这游戏真不得了，你们可真有出息。霍拉旭，你退下吧。今天我原谅你，但以后要注意。"

国王、王后、霍拉旭

王："你在这儿呢，我到处找你。哦，霍拉旭也在，正好。今早你来问安时，我正忙着，没能好好聊聊，其实我有很多事想和你商量。你看起来无精打采的，怎么了？"

后："霍拉旭已经可以退下了。说什么犹大放火，一个大男人，居然哭给别人看，一点用也没有。"

王："犹大放火？头一次听说。一定有什么原因吧，王后你动辄火冒三丈怎么行。霍拉旭是个正经人，过后再慢慢说吧。"

霍："抱歉，我实在太疏忽了。我见王后陛下身为人母吐露真情，不由得满心激动，以至胡言乱语。请原谅我，让您目睹了我的丑态。"

王："等等，霍拉旭。你不必退下，就留在这儿，我有话也想让你听听。再靠过来一点，这话不能大声说。葛特露，这真叫我惊讶，我明白了。哈姆莱特焦躁不安的原因，我终于明白了。"

后："是吗？还是因为我们的事？"

霍："不，责任完全在我。我一定——"

王："你俩都在说什么呢。好了，镇静点。我也坐这儿，霍拉旭，坐吧，我也想找你商量一下。方才听波洛涅斯说起此事，吓了我一跳，万万没想到啊。波洛涅斯向我递交了辞呈，我姑且先收下了，但是王后，你听了可别吓着，要冷静。这事真伤脑筋，奥菲利娅她——"

后："奥菲利娅？原来如此，我也曾一度怀疑。"

王："好了，不用站起来，葛特露，坐下来。坐下来冷静一下，好好想想看。霍拉旭，正如你听到的，这件事很丢脸。"

霍："原来如此，果然有罪魁祸首。说到奥菲利娅，她是波洛涅斯大人的女儿对吧。生着那样美丽的容颜，却对这和睦的哈姆莱特王室捏造毫无根据、荒谬绝伦的中伤，不止于这丹麦国，甚至将谣言散布到威登堡大学，当真不可小觑啊。那么，原因何在？果然还是因爱不成而生恨吗？抑或是——"

后："霍拉旭，你还是退下吧。你什么都不懂，净说些胡言乱语。据说，奥菲利娅怀孕了。"

王："王后！慎言。我还没说到那一步呢。作为男人，这事很难说出口，直说出来是很残酷的。"

后："女人对女人的身体是很敏感的。任谁一看奥菲利娅最近那不快的模样，都会怀疑。荒唐。霍拉旭，你睡醒没？"

霍："如在梦中。"

王："倒也难怪，连我也好像做梦一样。不过，此事不可叹息坐视，所以，霍拉旭，我想拜托你一件事。你应该是哈姆莱特的好朋友对吧，至今为止，你俩都是推心置腹、无话不谈的关系对吧。"

霍："是的，到昨天为止我都是这么想的，但现在已经没自信了。"

王："没必要做出这种垂头丧气的模样给我看。冷静下来想想，也不是什么出人意料的大事件。这两个月来，因先王的丧事、我的登基庆典，以及婚礼，城中可谓大吵大闹，一塌糊涂。在这一片混乱当中，哈姆莱特不堪独自承受先王故去的悲痛，遂向某人寻求温柔的安慰。那人便是奥菲利娅。我想，是悲伤与恋爱倒错了。至于哈姆莱特现在对奥菲利娅作何想法，我们不得而知。我想，这段感情现在恐怕已经多少降温了吧。如此一来，就简单了。只要奥菲利娅暂时退居乡下，便万事大吉。城中似乎已经传开谣言，波洛涅斯对此事也很惶恐，但不管是多么可怕的谣言，过个半年就会被人遗忘。奥菲利娅的事，波洛涅斯定会妥善处理，我也会尽我所能帮他。这件事可以交给我们，我决不会做任何过分的事去毁掉奥菲利娅的一生，对此大可放心。总之，你能和哈姆莱特好好谈谈吗？去问清楚哈姆莱特心底不掺半点虚假的真实想法。我绝无恶意。"

后："霍拉旭，这真是个讨厌的任务啊。换成是我，我会拒绝。明明是哈姆莱特做下的事，就该让哈姆莱特负责，一切都让那孩子自己解决。陛下太理解哈姆莱特了，似乎过头了，您年轻时的玩心，与现在的男孩子的心态，毕竟还是有所不同的。"

王: "不对。男人的心态，从古至今都不会变，哈姆莱特大概很快就会对我心悦诚服。霍拉旭，你觉得呢？"

霍: "我、我有事想问哈姆莱特殿下。"

王: "哦，那很好。好好问清楚他心底不掺半点虚假的真实想法，也将我们的意向平和地传达给他。就靠你了，拜托了。哈姆莱特是要迎娶英国公主的。"

后: "我有事要问奥菲利娅。"

五　走廊

波洛涅斯、哈姆莱特

波： "哈姆莱特殿下！"

哈： "啊，吓我一跳。这不是波洛涅斯吗？你站在那么暗的地方做什么呢？"

波： "我在等您，哈姆莱特殿下！"

哈： "干什么，好可怕，快放手。我正在找霍拉旭，你知道他在哪儿吗？"

波： "请不要顾左右而言他，哈姆莱特殿下。我今早递交了辞呈。"

哈： "辞呈？为何？出什么问题了吗？太轻率了。你可是眼下的厄耳锡诺王城不可或缺之人。"

波： "得了吧。我波洛涅斯被您那张天真无邪的脸一直骗到现在，才终于听说了城中那个令人遗憾的传言。"

哈: "传言？哦，你是指那件事啊。不过，那很要紧。我也不是在瞒你，我绝不可能听到那么讨厌的谣言却佯装不知，先前我是真不知情。其实，昨晚我才头一次听某人说起，也很震惊，但我没想到，你居然直到现在才知晓。这可不像平时的你，有点疏忽了。你真的一直不知道？不会吧。你若真不知道，的确该引咎辞职，但像你这样的人，不应该不知道啊。"

波: "哈姆莱特殿下，恕我冒犯，您神志还正常吧？"

哈: "你说什么？别耍我。一看不就知道了，该不会连你也相信那谣言了吧。"

波: "撒谎天才！您竟能如此睁眼说瞎话。哈姆莱特殿下，别来这套肤浅的韬晦了，年轻人就该有年轻人的样子，言谈何不再坦率些呢。这事是瞒不住的，我昨天直接问过本人了。"

哈: "什么呀，你到底在说什么。波洛涅斯，你不觉得你的话过分了吗？我没想过我是你的主人什么的，但你说的这番话，即便是在亲密的友人同志之间，也不是能一笑了之的。我这人如你所料，是个窝囊、懦弱的浪荡公子，什么都帮不了你们，但我也愿意随时为丹麦豁出性命，对于哈姆莱特王室的未来，我也费尽了心思。波洛涅斯，你的话过分了。你生什么气呢，脸色那么可怕，没礼貌。"

波: "佩服。欲哭无泪。这就是我二十年来全心全意带大的孩子吗？哈姆莱特殿下，我波洛涅斯像在做梦。"

哈："真伤脑筋。波洛涅斯，看来你也老了。要是连往年的智者也相信我发疯了，那就完了。"

波："发疯？没错，您确实疯了。以前的哈姆莱特殿下，无论如何也不至于如此。"

哈："你们串通一气，都想把我当成真疯子。这么说，波洛涅斯，连你也当真完全相信那谣言了？"

波："相信也好怎样也好，事到如今，可得了吧。够了，别再扯那套卑怯的虚言假语了。"

哈："卑怯？何谓卑怯，我怎么就卑怯了。你才是无礼至极呢。毕竟我有事须向你道歉，便一直对你客客气气，就是现在，我也数次克制着不去揍你，对你好言好语，而你却越发将我看扁，对我恶语相向，百般辱骂，教人怎可置若罔闻。我不会再容忍了。波洛涅斯，我就明说吧，你是个不忠之臣。你相信关于叔父的谣言坏话，嘲笑母后，还想把我当成真疯子，你是哈姆莱特王室的可怕的叛徒。无须递交辞呈，我希望你立刻消失。"

波："原来如此，手段真可谓五花八门。居然还有这等态度，是连我这智者波洛涅斯都想不到的。看来我也如您所言，当真老了。原来如此，还有另一个不利的传言。您欲趁此机会，只将那则传言煽动起来，而将关于自己的不检点的传言加以延缓。只因不愿被人传说自己的丑事，就胡乱揪住别人的传言，当作大事件到处散布，口称'真伤脑筋'一筹莫展，的确是聪明的态度，轻松便扭转了丑闻的风向。克劳狄斯陛下才是真的大伤脑筋呢。啊，疼！哈姆莱特殿下，太过分了，您要做什么。您真动手了。啊，好痛。遇到疯子，甘拜下风。"

哈："要不要连另半边脸也一起打？看你油光满面的，值得一揍。我不想再和你说话了。"

波："等等。就算你想逃，我也不会让你跑掉。哈姆莱特殿下，你太卑怯了。托你的福，我全家变得一塌糊涂。我不得不退居乡下做一个贫穷的老农度过余生，雷欧提斯也很可怜，意气风发地去了法国，却不得不被叫回来，那孩子的未来也将一片黑暗。还有，我那——"

哈："奥菲利娅会嫁给我，你不必担心。波洛涅斯，既然你这么恨我，我就明说吧。我一直以为你是个更豁达的文化人，是个更开通、更明事理的人。我甚至以为，你很快会成为我的盟友。我有事必须向你道歉，关于那件事，我本打算迟早和你好好谈谈。我曾希望你能帮我。你也知道，我现下正身处困境，不管是跟叔父还是母后，我怎么都无法和睦相处。我并非乐意跟他们闹得不愉快，可偏就没办法。我感到抵触，格格不入。我怎么都没办法向他们坦白我的痛苦的秘密，只能独自烦恼，甚至夜不能寐。无论如何，我就是无法相信他们。我觉得一旦全都挑明了说，反而会产生很不好的结果，最近甚至开始避免和他们碰面了。我害怕，总觉得很灰暗，很讨厌。一旦和他们照面，我只会战战兢兢，什么话也说不出来。他们倒也不是坏人，总在为我担心，这我明白。也许他们深爱着我，可我就是觉得讨厌，不想和他们商量。波洛涅斯，我一直当你是我最后的助力。我原打算，若实在没办法，就把一切都告诉你，请求你的原谅，还要商量今后的事。不知为何，我一直觉得你大概定会原谅我们。方才被你叫住，我惊出一身冷汗，以为终于事到临头了。我以为这恰是个好机会，已决心向你统统坦白，却见你脸色苍白，模样慌张，我因而突然不想说了，正要逃开，你却抓住我的胳膊，语出惊人，说什么递交了辞呈，我便想是不是发生了别的什么事，一问你，你说是城中的谣言，所以我才贸然断定：'啊，是那个啊'，绝非故意支吾搪塞。我不是个卑怯的人。"

波："真是巧舌如簧，巧言推脱，但我波洛涅斯不会再上当了。事到如今，何必再拿克劳狄斯陛下和王后陛下说事，您是把他们当遮羞布呢。太牵强了，果然还是在设法蒙混过关。我想更明确地问一下当前的问题。"

哈："疑心真重。你若如此固执，非要追究，我也想肃容正色，更直白、更坦诚地说出来。直到昨天，我还只有一个烦恼，便是奥菲利娅，仅此而已。但昨晚，我又听闻了另一件令人极不愉快的事。我若说我已然顾不得奥菲利娅，你定会立刻冷笑，说我扭转丑闻的风向，拿谁谁当遮羞布，实则绝无此事。我昨晚很痛苦，很寂寞，寂寞得受不了，躺在床上流泪。我觉得一切都很荒唐，很可气，难以忍受。两个问题诡异地纠缠在一起，令我无从着手。顾不得奥菲利娅——这样说很离谱，奥菲利娅在我心里片刻也未曾离开，再加上这次可怕的猜疑笼罩着我，乌云压顶，翻滚奔流，层层叠叠，使我的痛苦胀大至三倍、五倍，昨晚真的一觉也没睡成。发疯反倒轻松。波洛涅斯，你明白吗？听你说起城中的令人遗憾的谣言，我也曾一下子想到是不是关于奥菲利娅的，但在我来说，还有另一个更为显著的谣言才是大麻烦，所以我才把话头引向了那一方，绝非故意装糊涂。你说我'居然还有这等态度'，我听了真的很不愉快。打你是我失态了，对不起，一时冲动。但是，今后请你也别再用那种不愉快的说法。至于奥菲利娅，你不用担心，我会娶她，这是当然的。不管有什么阻碍，我们都必须结婚。我爱奥菲利娅，我的苦恼只在于如何向国王和王后坦白我俩的事，得到他们的允准。我怎么都不愿向他们坦白、恳求，不然还不如死了的好。更何况，昨晚听到了那样的谣言，要坦白就更痛苦了。总之，我想探究一下那谣言的根源。空穴来风，必有其因，我有这样的预感。若当真毫无根据，我就太幸福了，说不定反而能借此机会，为我平日的无礼向他们坦诚致歉，彼此释然，相视而笑。总之，我想尝试进一步追究那谣言的真伪，一切都待事成再说。

波洛涅斯，你明白吗？奥菲利娅的事，还请暂时搁置，勿要声张。我不会做不负责任的事。啊，波洛涅斯，我似乎获得了勇气。从今天起，我要做一个有勇气的人。原来一个人坠落至无路可逃的深渊，便会获得新的勇气呀。"

波："总觉得不可靠。哈姆莱特殿下，你们年轻人说的话，我是信不过的。你说获得了新的勇气，但仅凭勇气是无法顺利成事的，而且从古至今，那些出于一时兴奋而满嘴浮夸之言，到处宣称什么自己获得了勇气的，向来尽是懒汉和矫情之人。又是痛苦，又是寂寞，又是乌云压顶，但凡有出息的男人，说不出这种装腔作势的话。这种话，我是实在没法认真听下去的。明明都是开始长胡子的人了，真可怜。您要做白日美梦到几时？踏实点吧。通过方才您那番话，我只听明白了一件事：您并没有打算把奥菲利娅当作一时的消遣。我觉得您很惨，但真正的难关还在后头。尽管力有未逮，我波洛涅斯也会相助，但您也务必振作起来，不然就麻烦了。真的，拜托了，什么乌云压顶之类的话，今后尽量还是别再说了，实在没法认真听下去。您怎么净说些糟糕至极的话，眼看也是要当父亲的人了。"

哈："所以说，所以说，正因如此，我才痛苦。痛苦的时候不能说自己痛苦吗？为什么？我只是随时把自己的想法原原本本地说出来，实话实说而已。我说我寂寞，是因为我真的寂寞。我说我获得了勇气，是因为我真的获得了勇气。没有任何企图，没有任何矛盾，这是我竭尽所能的发言。乌云压顶这句话在你听来，也许是夸张而蹩脚的形容，然而在我，那完全是显而易见的事实，是皮肤的感触，或许可以称之为真实。因着你和奥菲利娅的血缘关系，我也爱你，所以才放心地把我的真实原原本本地传达给你。啧！看来我是过于相信别人，过分沉迷于爱了。"

波："怎么都行，哈姆莱特殿下。人世间不是哲学课堂，恕我直言，您也没有成为圣人贤者的打算。当您模仿贤者的口吻，大谈爱、真实、乌云的时候，奥菲利娅的肚子却时时刻刻都在变大，这确实是唯一的显而易见的事实。您说您现在爱我，对我放心，我丝毫也不感到庆幸，反而很困扰。眼下，只有奥菲利娅——"

哈："所以说，正因如此，唉，还是不明白啊，你不明白。奥菲利娅的事，你大可放心好了，我的痛苦只在于——"

波："痛苦这个词，还是别再说了，听得我脊背发凉。这个词您从方才起都说过上百遍了。痛苦的不光是您，我全家都托您的福，变得一塌糊涂。我已经递交辞呈，明天就得离开这王城。事态紧迫，哈姆莱特殿下，我需要您的帮助。首先是为了您，其次也为我波洛涅斯一家，可以采取的手段只有一个。我昨晚也没睡，整宿都在思考应当采取何种手段。哈姆莱特殿下，我需要您的帮助。"

哈："波洛涅斯，你这是怎么了，突然变得如此郑重其事。像我这样的年轻人，哪里能帮到你呢。别要我了。你才是在做梦吧？"

波："做梦？没错，也许是在做梦，但这才称得上穷极之策。哈姆莱特殿下，您相信我波洛涅斯的忠诚吗？不，这不重要，怎样都无所谓。哈姆莱特殿下，您爱正义吗？"

哈："真叫人毛骨悚然。怎么突然变成浪漫主义者了。完全反过来了，这次我似乎倒成了现实主义者。我没想到竟会从你口中听到正义、忠诚之类的字眼。你到底怎么了，这般垂头丧气是怎么了，你在想什么呢。"

波："哈姆莱特殿下，我真是个坏人。我一直在考虑可怕的事。我是个为了女儿的幸福，甚至不惜背叛国王的人。我会把一切都告诉您。啊，糟了，霍拉旭来了。"

霍拉旭、哈姆莱特、波洛涅斯

霍："哈姆莱特殿下，过分，太过分了。我丢了大丑，都怪您没跟我说，太过分了。不过，昨晚我也有错。我净说废话，又因为天太冷，没好好听您说，这是失败的根源所在。不过，我已经明白了。波洛涅斯大人，这次可真是出人意料啊，您一定很担心吧。然后呢？哈姆莱特殿下究竟意下如何？我认为，当前殿下的意向是最要紧的。"

哈："你一个人拍板决定什么呢，还是那么毛躁。有什么可抱怨的，我不记得哪里让你丢丑了。"

霍："不行，不行，装糊涂也没用。我刚刚已从国王陛下那里得知了一切。不，这事不好笑，必须慎重考虑才行。"

哈："你才是那个笑嘻嘻的人呢。别起哄了，你究竟听说了什么？"

霍："什么呀，脸都红成那样了，还打算装糊涂呢，看得我反而尴尬，仿佛被人搔胳肢窝，才忍不住发笑。"

哈："可恶，到底被你识破了。浑蛋，看招！"

霍："好，来吧，打架我是不会输的。看招！如何，还敢较量吗？"

哈："小意思，小意思。该死的，看我这么一拧，勒紧冒失鬼的喉咙，他就会吱吱乱叫，很神奇吧。"

波："住手，住手。你俩干什么，在走廊里突然扭打成一团，不觉得太粗鲁吗？都别胡闹了。简直莫名其妙，一边哈哈大笑一边扭打互殴，到底是怎么了。快住手。现在不是胡闹的时候，你俩能不能稍微紧张起来呀。好了，适可而止吧，快住手。霍拉旭阁下，您也是的，到底怎么了，这里和大学可不一样。"

哈："波洛涅斯，你不懂。我们在很尴尬的时候，就会像这样乱打一气，不然就无法收场。"

霍："完全正确。毕竟我上了大当嘛。哈姆莱特殿下，您太过分了。"

哈："也不尽然，其中亦有许多缘由啊。嘿嘿。"

波："唉，您怎能笑得如此粗俗呢。哪有什么缘由，事情很简单。霍拉旭阁下，来，再靠过来些。哎呀呀，您的衣摆都破了，你们实在是粗鲁得不行。我家雷欧提斯似乎也很粗鲁，但也赶不上你们。好了，哈姆莱特殿下也冷静一下。现在是关键时刻，不是玩笑胡闹的时候。霍拉旭阁下，从现在起，您也一定得帮我们。今后，我想我们三人有许多事需要商量。然后呢？霍拉旭阁下，您刚刚从国王陛下那里得知了什么？说来听听。从今天起，我就是哈姆莱特殿下的盟友，所以请相信我，什么都可以告诉我。陛下对您说了什么？"

霍："他说他很震惊，好像做梦一样。"

哈："还说了我的坏话吧。"

霍："不要心怀偏见。国王陛下差不多都知道了。不，不好说。总之，他很震惊。"

波："不得要领。请说清楚一点，陛下是何意见？"

霍："呃，这个，不，实在很老套，很荒唐，令我目瞪口呆。对于哈姆莱特殿下的心情，我是清楚的，但国王陛下误会颇深，我是服了。尽管我诚惶诚恐地退下了，唉，还是太过分了。"

哈："我知道。他一定说了'万万不可'，对吧？说我要迎娶英国公主，对吧？我知道。"

霍： "没错。不，更过分。他说哈姆莱特殿下的感情应该也差不多降温了，所以要让奥菲利娅小姐暂时退居乡下，如此一来便万事大吉，谣言也只能维持两个月，还是五个月，不，好像是半年？总之，这就是国王陛下的意见。他说他不会伤害奥菲利娅。陛下这么说绝无恶意，您二位对此千万不要误会，只不过，陛下他倒是有些误会了。总之，我是奉命来向哈姆莱特殿下传达国王陛下的厚意的。王后陛下则不知怎的，独自发笑，看样子很清楚殿下的心情。所以说，绝对不至于绝望。现在，要拜托王后陛下了，国王陛下不行，根本行不通。换句话说，他太老套。"

哈： "霍拉旭，别说这些不咸不淡的废话了。这不是老套或新潮的问题，而是现实主义者向来如此。叔叔相信现世的幸福，他当然会有这样的意见。这种事，我从一开始就知道。问题就在这里，苦处就在这里。是忍从，还是逃跑，还是堂堂正正地战斗，或是虚假的妥协、欺瞒、怀柔？ to be, or not to be，我不知道该怎样做。因为不知道，所以很痛苦。"

波： "两遍！痛苦这个词，您说了两遍。您动辄把这种夸张的、哲学的话挂在嘴边，发出无意义的叹息，做出一副像在模仿蹩脚演员般的表情，实在太难看了。国王陛下的话，我也早有思想准备，不可因为这么点事就自乱阵脚。我波洛涅斯早就知道国王陛下会如何处置，所以才递交了辞呈。现在唯一该依靠的人，只有哈姆莱特殿下您了。我有我的想法。霍拉旭阁下，请您也助我们一臂之力。一切都是为了哈姆莱特殿下。来，霍拉旭阁下，发誓吧，发誓绝不把我接下来要说的话外传。"

霍："怎么了，波洛涅斯大人，突然这么一本正经的。"

波："这是为了哈姆莱特殿下。您不愿发誓吗？"

霍："我发誓，我发誓。因为太突然了，感觉驴唇不对马嘴，所以没反应过来。"

波："我相信您。那么，我要说了。哈姆莱特殿下，方才我正要说，霍拉旭阁下来了，我就停下了，但事实上，最近城中还有另一个黑暗的传言，我波洛涅斯相信那是真的。"

哈："什么？你相信？白痴！是你疯了才对。不然就是你居心叵测，企图用可恶的谣言恐吓国王，强行促成我和奥菲利娅的婚事，真是卑劣下贱。肮脏，真肮脏。波洛涅斯，你方才说过吧，你嘀咕说：'我是个为了女儿的幸福，甚至不惜背叛国王的人，我是个坏人。'我当时还不明白你在说什么，但现在我清楚了。波洛涅斯，你真是个可怕的人。"

波："不！并非如此，是我改主意了。我把整件事从头讲给您听吧。先王鬼魂的传言，我是最近刚听说的，觉得很棘手，本打算和国王商量一下，采取适当的对策，但我近来观察，总觉得国王神色阴郁，我便犹豫了。不知为何，难以商量。我明说吧，我渐渐开始怀疑国王陛下了。尽管心里难以置信，但一见到国王的样子，总觉得心情变得阴暗，很不舒服。这份感觉，我此前不曾向任何人吐露，只藏在自己一个人的心里，期待着自然而然云开雾散的那一天。我一直暗自希望我是杞人忧天，可是就在方才，出于对女儿的无比怜惜，我突然想到了一个可怕的手段，便是如哈姆莱特殿下适才所说的卑劣之举。但是，我波洛涅斯并非不忠之臣，这一点请相信。那个念头只是瞬间一闪而过罢了。我说我昨晚一觉没睡想了整宿，是在撒谎。我不知不觉兴奋起来，言不由衷地巧言虚饰。我这把年纪，一旦涉及孩子，就忍不住也像哈姆莱特殿下一样说些夸张的话。一瞬间，真的只是瞬间一闪而过，我立刻就被自己的卑劣吓得浑身发抖，这一次则相反，我猛烈地爱上了名为正义的灵魂，爱得不得了。相较于奥菲利娅的事，我要首先查明那个险恶谣言的真伪。我已经意识到，这才是臣子的义务，不，是做人的义务。哈姆莱特殿下，现在我是您的盟友。自今日起，我也打算加入青年的行列。青年的正义，是这世上唯一可信赖的。"

哈："真奇怪，我都不好意思了。总觉得很奇怪。霍拉旭，还真是世事难料啊。"

霍："我相信。波洛涅斯大人，谢谢。我相信您。我很感动，但总觉得很奇怪。太突然了。"

波："没什么奇怪的，是你们太胆小。我也许已经破罐子破摔了。不，不对，这是正义。正义！这个词太棒了。我要全力突击，请助我一臂之力。我们三人先试探一下国王陛下吧。或许有些失礼，但一切都是为了正义。我们来探探国王陛下的脸色，查清确凿的证据吧。如何？我有个好主意，请二位帮我斟酌。一切都是为了正义。我该走的路，只有这一条。"

哈："正义都要替你害臊了。波洛涅斯，你精神错乱了。都一把年纪了，成何体统，冷静点。你是真的信了那个荒谬的谣言？不会吧？总觉得你别有居心。"

波："您这话太无情了。哈姆莱特殿下，您是个可怜的孩子，什么都不知道。"

霍："啊，不行。波洛涅斯大人，别再说了。国王陛下是个好人，哈姆莱特殿下也打心底敬慕国王陛下。事到如今，别再说那些令人毛骨悚然的话了。不行，不行，啊，我又开始冷了。发抖，全身发抖。"

哈："波洛涅斯，这事很严重。请谨言慎行，莫要轻浮。有确实可信之处吗？"

波："很遗憾，有。"

哈："哈哈，霍拉旭，我们还不以为意呢，怀疑那是玩笑，却不料居然真有其事。搞什么啊，笑死人了。"

六　庭园

王后、奥菲利娅

后："天变暖和了呢，看来今年春天会比往年来得早。草坪也是，都已略微变成浅绿色了。希望春天快些到来，冬天已经受够了。你看，小河里的冰也融化了。柳芽柔嫩，多可爱。待那嫩芽长长，在风中微微摇曳，叶的泛白的背面忽隐忽现时，这一带也将遍地盛开各种各样的花花草草。金凤花、荨麻、雏菊，还有紫兰，那些庶民是如何称呼紫兰花的，奥菲利娅你知道吗？看你脸红的样子，想必是知道的。那些人什么污言秽语都能随便说出口，我反倒很羡慕。奥菲利娅，你们是怎么叫的？应该不会是那个露骨的名称吧。"

奥："不，王后陛下，我们也一样。小时无心叫惯了，以至现在仍会脱口而出。不光是我，别的大小姐都会坦然说出那个露骨的名称。"

后："哎呀呀，是吗？现在的女儿家也太直爽了，真让人惊讶。不过，或许那样反而显得清纯无邪。"

奥："不，当着男人的面，她们就会矜持地改称'死人指'。"

后："原来如此。的确，当着男人的面毕竟说不出口，真有趣。不过，'死人指'这名字也很耐人寻味。死人的手指。是啊，倒也不是不会作此联想。这花真可怜。戴着金戒指的死人的手指。唉，明明不难过，还是流泪了。到了这把年纪，为区区一朵花而流泪，我也真够傻的。女人啊，年纪再大，也免不了渴望被人宠着撒撒娇。想来女人是注定了总有女人的无聊之处，这是没办法的。纵然到了这把年纪，我真正暗自喜爱的仍是雏菊一朵，胜过丹麦一国。女人真没用。不，不光是女人，我最近越发觉得人类这一物种都靠不住。便是看上去相当出色的男人，骨子里也同样畏畏缩缩，只在意别人的看法而活，我是最近才终于明白的。人类是悲惨的、可怜的，一门心思只顾计较成功、失败、聪明、愚蠢、输赢，从早到晚挥汗如雨东奔西走，然后渐渐老去。我们就是为这点事而生来这世间的吗？与虫豸何异。太荒唐了。我以前再悲伤再痛苦，都不忘自己是为了丹麦，一直努力苟活至今，实在太蠢了。我被骗了，被先王、当今陛下还有哈姆莱特，被所有人骗了。'为了丹麦'这四个字，似乎有着伟大而崇高的意义，使我总想着为了丹麦，痛苦也好悲伤也罢，一直忍着。我为自己正在履行神赐予的神圣使命而骄傲，因此，纵然在十分寂寞之时，我也能够忍耐。正因我心存自负，以为自己是被神特别选中来承担重任的人，我才一直默默地过着忍从的生活，然而现在一想，太可笑了。以我这样软弱的手腕，能成什么事呢。人们对我暗自拼命下的决心毫不在意，只顾计较输赢，可怜分分地过着瞻前顾后、担惊受怕的日子，并时常毫无目的地做出一些卑劣的勾当，不断改变周围人的命运，然后又忙着互相推卸责任。孤身为丹麦为哈姆莱特王室枉自紧张的我，犹如一根漂在浊流中的稻草，迟早会被冲走。真的很可笑。奥菲利娅，你身体还好吗？"

奥："啊？还行。"

后："不必瞒我，我都知道。你放心，作为哈姆莱特的母亲，我也觉得你很可爱。今天脸色似乎不错，已经不会觉得不舒服了吧。"

奥："是的。王后陛下，我无法用言语表达我的感激之情。事实上，今早一睁眼，我就觉得心胸豁然开朗，闻到什么气味也不难受了。直到昨天，我闻到自己的身体、寝具、内衣的气味，都觉得像韭菜一样，洒再多的香水也受不了，只能独自啜泣。但今早，仿佛从噩梦中醒了过来，身体轻快了许多，几天来头一次觉得汤真好喝。我还有点担心，生怕一不留神再度陷入那种地狱般的心境。我觉得自己的身体像易碎品，为此提心吊胆。便是现在，我依然惴惴不安，一边尽量平静地呼吸，一边如履薄冰地一步步踏过草坪。真的已经没事了吧，那种痛苦，我不想再经历了。"

后："是的，已经没事了。今后，食欲也只会越来越好。你是真的什么都不知道啊，不过也难怪。今后，我可以做你的顾问。你方才想什么就说什么，很坦诚，很讨人喜欢。我就喜欢大胆直言不打怵的人。"

奥："不，王后陛下。直到昨天，我还一直在说谎。没有比骗人更痛苦、更难挨的地狱了。如今已没有说谎的必要，大家都知道了。所幸身体今早也舒服多了，从今往后，我会打起精神，做回以前那个活泼调皮的奥菲利娅。这两个月来，真的天天意外不断，像做梦一样。"

后："不光你一人觉得像在做梦，这两个月来，所有人都仿佛做了一场可怕的噩梦。先王在世时的和平，如今想来，简直像是幻觉。无论对王城还是整个丹麦，那样每一天都充满希望的时代，一去不复返了。不是说有谁如何不好，但在我觉得，厄耳锡诺王城也罢，举国上下也罢，到处都阴沉沉的，充斥着叹息和恶意的窃窃私语。我有一种不祥的预感，必有很不好的事将要发生。至少哈姆莱特若能坚强起来也好，但那孩子似乎因为你的事已经半疯了，至于其他人，则只担心自己的地位和面子而到处奔走，根本靠不住。女人是很肤浅，但男人也说不上多机灵。你们大约还不懂，男人对咱们女人的挂念，可以说

139

到了可怜的程度。别笑，这是真的，不是我在自卖自夸。男人嘴上会夸夸其谈，说些漂亮话，但实际上，他们活着只在乎可爱的妻子的看法。无论发迹、成功还是胜利，都只为讨好可爱的妻子。找种种借口来努力，只为得到可爱的女人的称赞。真没出息，简直可怜。我最近留意到这一点，很是震惊。不，是很失望。我一直尊敬着男人的世界，以为他们居住在咱们女人无法理解的、高远而痛苦的理想之中，尽管我们达不到那样的高度，但我也想至少从背后照顾他们的生活起居，帮一点点小忙。然而，在男人背后帮忙的愚蠢的女人，居然是男人们活着的唯一目的，这简直就是笑话。想从背后悄悄地给他们披上披风，他们却偏会转过身来，教人不知如何是好。他们大谈理想、哲学、苦恼等莫名其妙的东西，做出眺望遥遥高天的模样，实则只是在关心女人的看法。那完全是一种渴望获得夸赞和喜爱的姿态。我最近打心底觉得男人很无聊。奥菲利娅，你们不懂，你们大概还满心以为哈姆莱特那样的是好男人呢。那孩子是个笨蛋，看重周围人对他的印象，为之沉迷。年轻时，他似乎就最看重朋友等人对他的评价，真是个傻孩子。明明天生是个胆小鬼，却总是行事莽撞，尽管能得到朋友和奥菲利娅你的称赞，可他自己无力善后，只会一个人哭鼻子，闹别扭，然后心里对我们抱有期待。他一边闹别扭，一边等着我们为他收拾残局。他总是说些惹人讨厌的、自以为很有哲理的话，不负责任地令霍拉旭他们感服不已，而背地里，别说哲学家了，他根本就是在向我们撒娇要点心吃，不像话。他是个被宠坏了的孩子，渴望从早到晚得到周围人的称赞和喜爱，总是只下浅薄的功夫，欲博得一时的喝彩。他活得那么荒唐，将来真的不知道怎样呢，不像你哥雷欧提斯他们，明明和哈姆莱特同岁，却已懂得了这个世界的原理。"

奥："不，那反而是我哥的缺点。王后陛下，您先前还说呢：'便是看上去相当出色的男人，骨子里也同样畏畏缩缩，只在意别人的看法而活'，刚刚却又马上改口，夸起雷欧提斯来了，这实在可笑。就算是我哥，骨子里也不过那么回事。尽管我哥比哈姆莱特殿下更粗犷些，也更可靠，但活得过于豪放不羁之人，反而令我们感到寂寞。我绝不是讨厌我哥，但我生不出向他吐露一切的亲密念头。对父亲也一样。我也许是个坏女儿、坏妹妹，没办法。对骨肉血亲不觉得亲近，反而——"

后："你是只对哈姆莱特觉得亲近吧。无聊，还是算了吧。被恋爱冲昏了头脑，任谁都会讨厌自己的父亲兄长，这不是理所当然的吗？认真听你们说话可真吃亏，不知所云。"

奥："不，王后陛下，我没有被冲昏头脑。在变成这样之前，早在很久以前，我就已经心怀爱慕了。不，不是哈姆莱特殿下，而是王后陛下，我一直都在默默地、拼命地爱慕您。不知不觉间，我和哈姆莱特殿下成了这样的关系，发生了许多事，有喜悦，有悲伤，有惊慌，但请恕我冒昧，不得不说，我还很开心，因为平添了一种淡淡的期待，期待着能称您为母后，向您撒娇。请相信我。王后陛下，您不知道我从小就对您尊敬、喜欢得不得了。至今为止，无论肢体姿态还是说话方式，不管是什么，我一直都在模仿王后陛下。对不起。不是因为您的身份，而只是作为一个女人，您是如此有魅力，如此善良，如此非凡，啊，该怎么说呢，王后陛下，您笑我吧，我是个蠢丫头。假如哈姆莱特殿下不是您的孩子，我大概也不至于犯这样的错误。我不是个荡妇。因为他是您最疼爱的孩子，所以我也想好好照顾他。"

后："净说些可爱的玩笑话。你们总是突然想到什么就像煞有介事地直接说出来，教我们闭口无言。你纵有一点喜欢我，也是因为我的身份。因为我的身份太耀眼，你为之目眩神迷，晕头转向，才会看什么都以为非凡。我只是个无聊的老太婆。你无法拒绝哈姆莱特，也是因为他的身份。因为是王后疼爱的孩子，所以你也想好好珍惜。——这等离奇的想法，我固然可以一笑置之原谅你，但你若对别人也这么说，会被当成白痴或疯子。你天真地说，想称我为母后，向我撒娇，说那是你最大的喜悦，可是我全明白，你不过是在陈述你成为丹麦王子妃的喜悦罢了。成为王子妃，拥有称王后为母后的身份，应该是丹麦女子一生最大的喜悦。这是理所当然的。你们惯会用天真无邪的撒娇说法，来巧妙地粉饰自己那庸俗的野心，一不小心就会被骗，所以不能掉以轻心。现在的年轻人，一面装作什么都不懂，说些孩子气的话逗我们笑，一面却老奸巨猾，怀着庸俗的蓄谋，惹人生厌。真是既精明又狡猾。"

奥： "不是的，王后陛下。您为何如此刻薄多疑呢？我没有那么狂妄而浅薄的野心，我只是真的喜欢王后陛下，喜欢得想哭。我的生母在我幼时就去世了，即便现在她还活着，我想也是不如王后陛下的，您比我那亡母更温柔，更具有非凡的魅力。为了王后陛下，我甘愿随时赴死。我一直幻想着，能称呼王后陛下这样的人为母后，一辈子过恭俭的生活。至于身份什么的，我从未考虑过。我是个不忠的女儿。也许正因为我没有母亲，才越发对您生出强烈的爱慕之情。我真的什么野心也没有。说句不害臊的话，我甚至忘了哈姆莱特殿下的身份，只是在他身上感受到了王后陛下的乳汁的香味，不禁觉得他十分可爱，以至于丢人现眼，终于落到这步田地。我一点蓄谋也没有，可以在神面前清楚地发誓。成为王子妃一步登天之类的狂妄的野心，我真的做梦都没想过。我只要能亲身感受到与王后陛下的遥远的羁绊，就很幸福了。我已经什么都放弃了。当下，平平安安地产下王后陛下的孙子，抚养孩子茁壮成长，是我唯一的安慰。我觉得自己是个幸福的女人。即使被哈姆莱特殿下抛弃，我也能和我的孩子每天快乐地生活下去。王后陛下，我有我的骄傲。

身为波洛涅斯的女儿，我既有厚脸皮的智慧，又有不认命的要强。我什么都知道。我只是单纯地迷上了哈姆莱特殿下，绝不会以为他是这世上最美好、最完美的勇士。恕我冒犯，他鼻子太长，眼睛又小，眉毛也太粗，牙齿似乎也很不好，一点都不漂亮。腿有点弯，背也驼得厉害，看上去简直可怜。至于性格，也绝对不值得称道。该说是女人气吧，他只关心别人是否在背地里说他坏话，总是烦躁不安。一天夜里，他对我说：'我能相信的只有你，我总是被别人欺骗、利用，我是个可怜的孩子，至少求你不要抛弃我。'说完这些懦弱得堪称毫无尊严的话，他用双手捂住脸，做出了哭泣的样子。为何要演那种惹人生厌的戏呢。然后，正当我犹豫着要不要说点安慰的话时，他立刻便涩声说：'啊，我真不幸。谁都不理解我的痛苦。我是这世上最不幸、最孤独的人。'同时狂薅头发，发出苦闷不堪的呻吟。看他的样子，似乎不把自己逼成悲剧的主人公就不罢休。他还曾突然跃身而起，把茶碗咣的一声摔在墙上，碰得粉碎，转眼又很高兴地说：'这世上没有比我更聪明的人，我的头脑如闪电般敏锐，无所不知，连恶魔也骗不了我。我只要有意去做，什么事都能做成，再可怕的冒险我都定会成功。我是个天才……'而我一旦微笑首肯，他反倒来劲了：'不对，你在取笑我，你一定认为我在吹牛，你根本就不相信我。'他把自己贬低得一塌糊涂：'我其实是在吹牛，我是个骗子，只会耍花招，被所有人识破，大家都笑我，唯独你不知道。你真是个笨蛋，你被骗了，彻底上了我的大当。唉，我也是个可怜人，这世上的所有人都不理我，我只能抓住你这一个笨蛋耍耍威风，真窝囊。'他毫不在乎地嘲讽自己，没完没了，我听得都想哭。可是一转眼，他又站在镜子前长达一个钟头之久，龇牙咧嘴、挤眉弄眼地观察自己的脸。他似乎很在意他的长鼻子，一边照镜子，一边不时捏住鼻子往上提，看得我忍俊不禁。不过，我喜欢他。像他那样的人，全世界也找不出第二个。在我看来，他身上似乎具有相当的优点。即使有这样那样的缺点，他身上也总透露出一股神之子般的气息。我也是一个自尊心很强的女人，只不过，我不会对男人估计过高而忘乎所以。就算对方的身份是王子，我也不会盲目地扑入他怀中。哈姆莱特殿下是这世上最慈悲的人，因为慈悲，所以拿自己无可奈何，以至心灵昏昧，胡言乱语。一定是这样的。王后陛下，您明明也很清楚哈姆莱特殿下的优点。"

后："你们说话简直全无条理。刚刚还在讲歪理，说什么因为爱慕我所以也喜欢上了哈姆莱特，然后却大讲哈姆莱特的坏话，紧跟着又说哈姆莱特这么好的人在这世间绝无仅有，说他是神之子，实在夸张得可怜。抓着我这样的老太婆说些荒唐话，说什么我有非凡的魅力，转眼却又否认，说一点也不着迷，已经放弃了，教我真不知道究竟该如何理解，相信哪个。看来你也受到了哈姆莱特的影响，可以当他的得意高徒了。我还以为他的弟子只有霍拉旭一人呢，没想到你也相当优秀啊。"

奥: "听到王后陛下这么说，我也很沮丧。我应该已经把我的感受毫不作伪地、原原本本地说出来了，全是实话。之所以多有出入，一定是因为我没表达好。我觉得自己至少对王后陛下是不会撒谎的，而且就算撒谎，王后陛下应该也不会被我的谎言蒙蔽，所以我急着想把我的感受、我的想法统统说出来，只是空有这份渴望倾诉的心，话却说得愚笨而迟钝，怎么也没办法准确说出我的心里话。我向神发誓，我是诚实的。至少，我要对我爱的人诚实。我爱王后陛下，所以我努力不说一句谎话，但我越是努力，就越表达不好。没有比人类的实话听起来更滑稽、更不连贯、更像谎言的了。——一想到这个，我就莫名悲伤。我说的话也许前言不搭后语，全无条理可言，但我心中的所思所想是整然的，只是那一团整然的想法，很难用语言去简单地剖析清楚。所以，我才会急着说出一个个碎片，想把这些碎片拼合起来，让您看到我全部的感受，可是似乎越说越糊涂。也许怪我太爱您了，也许怪我没有常识。"

后: "这些歪理都是哈姆莱特教你的吧。现在的年轻人都只擅长自辩的道理，让人讨厌。别矫情了，干脆这样说如何：我搞糊涂了，心中百感交集。要是光这么说，我们反而能明白。你明明是个好孩子，说起别的事都不打怵，大胆干脆，可是一说到哈姆莱特，你就只会讲歪理，试图掩饰自己的害羞。你甚至还没有向我道歉。”

奥:“王后陛下，若是由衷感到抱歉，不知为何反而说不出口。我不觉得我们这次的所作所为是一句道歉就能原谅的。我觉得我全身都用蓝墨水密密麻麻地写满了‘对不起’，可是不知为何，我却无法对王后陛下说出对不起。我觉得那样是睁眼说瞎话。明明犯了很大的错，却想凭一句道歉就得到原谅，那是未意识到自身罪过的厚脸皮的人才会干的，我是怎么也做不到。我想，哈姆莱特殿下此刻也在遭受同样的痛苦，急着想办法做出弥补。无论哈姆莱特殿下还是我，最近都只在苦思冥想一件事，就是如何向王后陛下道歉。王后陛下现在的处境很孤独，我们理应安慰您，结果却出了这档子事，反而让您操心了，这是不能用恶劣、愚蠢等简单的词语来形容的。这比死还痛苦。我从很久以前就一直爱慕王后陛下，真的。我想得到王后陛下的夸奖，哪怕一生只有一次也好，为此我一直在礼仪和学问上努力学习，唉，我是多么的愚蠢啊，终究还是疯了，对王后陛下做出了最不可原谅的事。哈姆莱特殿下对王后陛下的尊敬和眷恋也不输于我，不，是更胜过我。我们祈祷王后陛下永远健康。有一晚，我曾深切地对哈姆莱特殿下说，在我们有生之年，一定要做出弥补给您看。王后陛下，王后陛下，哎呀！”

后:“对不起。从方才我就一直强忍着不哭，言不由衷地说了许多刁难的话。奥菲利娅，你把我说得那么好，那么爱慕我，

147

教我心里很不好受，像要裂开一样。奥菲利娅，你真是个好孩子。你一定是个诚实的孩子，尽管也有狡猾之处，但天真无邪的、不经意的谎言，是不该被指责的，那样的谎言反而更美。奥菲利娅，在这世上，没有比天真无邪的少女的话更美丽更令人愉悦的了。与之相比，我们很肮脏，很可恶。我也厌倦了。即便如此，你们仍然发自内心地爱我，祈祷我长命百岁，这叫我情何以堪。啊，就算只为了你们，我也必须活下去。奥菲利娅，请原谅我。"

奥："王后陛下，您在说什么呀，完全颠倒了。您大概是想起了别的伤心事吧。哦，正好。这里有凳子，来，请坐下来，让心也静下来。您哭得那么厉害，连我都想哭了。来，我们挨着坐下吧。哎呀，王后陛下，这是先王陛下临终时坐过的凳子吧。先王陛下坐在庭园里的这个凳子上晒太阳时突然发病，我们赶到时，他已经倒地不起。那天早上，我第一次试着穿上了新做的红裙，但是出于悲伤和不甘，我居然把自己的红裙看成了绿色。似乎人在非常悲伤的时候，就会把红色看成绿色。"

后："奥菲利娅，别再说了。我错了！对我来说，已经没有任何希望了，一切都很无聊。奥菲利娅，你今后要小心地活下去啊。"

奥："王后陛下，我听不懂您在说什么。至于我，您就不用再担心了，我会把哈姆莱特殿下的孩子养大。"

七　城内一宅

哈姆莱特一人

哈:"笨蛋!笨蛋,笨蛋。我是个大浑蛋。我活着到底是为了什么呀。早上,起床,吃饭,闲逛,到晚上,就睡觉。而且,总是光想着玩。虽然熟练掌握了三种外语,也只是为了读懂那些好色淫猥的外国诗。我空想的胃袋,比别人的大上五倍,贪欲更达十倍之多,从不知什么叫饱,始终在寻求更强烈的刺激。但我既胆小又懒惰,所以大抵皆止步于对刺激的憧憬。形而上的骗子,脑海里的冒险者,书斋中的航海家。换句话说,我是个微不足道的梦想家。到处寻求刺激,结果却吊死在奥菲利娅这棵树上,然后,就没有然后了。看来我是败给奥菲利娅了,真没出息,简直就像那个笑话:某人以唐璜 ① 自居外出游

① 英国诗人拜伦的长篇叙事诗《唐璜》的主人公,是一位秉性风流而善良的贵公子。——译者注

历，本欲先牛刀小试一番，费尽唇舌说服了一个小姑娘，结果却舍不得和她分开，只好定居下来，一辈子不得脱身。本打算先哄骗乡下姑娘作为尝试，借此研究女人心理，然后再从容不迫地踏上旅途，像唐璜一样历练，孰料光是研究那乡下姑娘就用去了人生七十年。我虽表情严肃，却是个喜剧英雄，说不定竟有做小丑的天赋。这段日子，我周围满是笑话。只是凑趣才往坏处猜测，开玩笑罢了，却被人一本正经地说，有确实的证据，真是既扫兴又可怕，令人毛骨悚然。所谓玩笑成真，便是这般。满口假牙的母亲有了外遇，真是天大的喜剧；波洛涅斯突然化身为意味深长的正义之士，也笑死人了。说我很快就要做父亲了，更是异想天开。不，相较之下，今晚的这场朗诵剧才是压卷之作。波洛涅斯的确有点不对劲，居然一下子年轻了三四十岁，兴奋异常，找来一部英国女诗人的作品，该作品创作于一个相当浮华的大时代，他提议以此为剧本，我们三人合演一场朗诵剧，真是服了他。而且，居然由波洛涅斯扮演新娘，实在荒唐。敢情那诗的内容，或许会深深地刺激到现在的叔父和母后。波洛涅斯打算邀请国王和王后来观看这场朗诵剧，借机试探，看他二人随着剧情的发展会露出怎样的表情。这想法真是愚蠢。就算他们脸色铁青，又能证明什么呢。或者，就算他们泰然自若地笑起来，也未必能成为无罪的证据。也许能判断出他二人的感觉是敏锐还是迟钝，但无从判定是有罪还是无罪。真是的，波洛涅斯太不对劲了。虽然觉得他很蠢，但我又何尝不是很窝囊呢。只因为不想坏了奥菲利娅他老爹的兴致，我就附和着说这是个好主意，还逼着霍拉旭同意，三人开始了朗诵的练习，这事就发生在今天下午。起初，霍拉旭说话还有气无力的，显得兴味索然，可是练习一开始，他却突然变得活力十足，用学自威登堡戏剧研究会的古怪的腔调，扯开嗓子大声尖叫。那家伙真是个诚实的人，通过言行举止表达自己的感情，丝毫不做加工。无论演得多么失败，都称得上好看，没有哪里让人不舒服。他是一个真正懂得谦让、放弃的人。相较之下，我真是个笨蛋，是个大浑蛋。我不懂得放弃，欲望没有止境。我是个笨蛋，吊儿郎当地幻想着把天下所有的女人都变成自己的女人。我会托着腮帮子，沉醉在幻想里，想象自己得到世人的由衷敬服，想象自己偶尔展露出聪敏的头脑、卓越的手腕和严酷的人格，让所有人瞠目结舌。然而，我什么都做不成。别说天下所有的女人了，就连邻居家的一个女儿，我都无可奈何，痛苦得要死；别说卓越的手腕了，连国家的政治我都一无所知；别说让人瞠目结舌了，我倒总是上当受骗，总是惧怕、敬畏别人。假如有人冲我鞠躬，即使只是形式上的，我也会坚信那鞠躬乃发自真心，当即便得意忘形，甚至近乎发狂，以为不可不报答对方的期待，于是下意识地表现出英雄的姿态，最终陷入无可挽回的境地，遭到大家嘲笑。即使被人诋毁，我也不会觉察到对方的敌意，只以为大家都是为了我好，才勉强说出那些教人羞于启齿的难听话，因此我会心怀感激，视对方为恩人，将其名姓刻记在心中的备忘录上，决心总有一天定然报答这份深情厚谊。即使被人鄙视，我也会误以为那是敬意或关爱，为之欣喜不已，直至过去五六年后，方于某一晚蓦然惊觉：原来那是鄙视，可恶！

想虽这么想，实则不然，而是相当可喜可贺！但另一方面，我也有颇多算计，在善待朋友的同时，内心一隅也暗暗存了'好心必有好报'的念头，可见我这人真是不堪。所谓蠢到家，说的就是我。我甚至完全分不清什么样的人了不起，什么样的人是坏人。我总觉得一脸寂寞的人看起来很了不起。唉，真可怜。人类真可怜。我和霍拉旭都可怜。波洛涅斯、奥菲利娅、叔叔、母亲，大家都很可怜。我这人向来没有蔑视、憎恶、愤怒、嫉妒，什么都没有，只是在模仿别人，把憎恨啦蔑视啦挂在嘴边大声嚷嚷。至于实感，我什么都不知道。憎恨别人是一种怎样的心态，蔑视别人、嫉妒别人又是什么感觉，我什么都不知道。唯有一种情绪，是我能够真正感知的，它像巨浪般撞击着我的心脏，那就是'可怜'。我仅凭这种情绪，活了二十三年。除此以外，我什么都不知道。然而，我觉得自己可怜的同时，却什么也做不了。我空有这样的感受，甚至无法通过语言表达清楚，更不用说行动，只会出现与内心想法相反的现象。我什么都不是，只是一个懒惰的大笨蛋，毫无用处。唉，真可怜。这可不是什么好笑的事。霍拉旭、叔叔、母亲、波洛涅斯，大家都很可怜。我这条命若还有用，无论是谁均可奉上。最近我越来越觉得人类真可怜，纵使绞尽脑汁拼命努力，也只会变得越来越糟。"

波洛涅斯、哈姆莱特

波："啊，忙死了。哟，哈姆莱特殿下，您已经来了呀。如何，这舞台还不错吧？我先前把毛毡啦，空箱子啦搬进这个房间，布置了这样一个舞台。怎么，这样的舞台已经够用了。既然是朗诵剧，幕布和背景都不需要，对吧？但是，什么都没有又显得太空荡，所以我在这里放了一盆苏铁。如何，单凭这个花盆，舞台就一下子被衬托出来了不是。"

哈："可怜。"

波："您说什么？有什么可怜的。您是说不该把这盆苏铁放在这里吗？那么，就将它摆放在舞台更靠后的位置吧。原来如此，经您这么一说，倘若摆放在舞台的角落，这盆苏铁就也很可怜呢，像马上就要从舞台上掉下来似的。"

哈："波洛涅斯，可怜的是你。不，不光是你，还有叔叔、母亲，大家都很可怜。活着的人都很可怜。所有人都在尽力忍耐苟且偷生，连一个可以欢笑的夜晚也享受不到。"

波： "事到如今，您又在说什么呀。可怜什么的，也太不吉利了。您总是朝别人费尽心思的计划泼冷水，净说些扫兴的话。我完全是为了您，才策划了这样一次过家家的把戏。我是对你们那至清至洁的正义之心产生了共鸣，才加入探求真理的队伍，没有任何别的野心，只想通过这场朗诵剧试探一下，看看这次的那个不像话的谣言究竟有多少是事实——"

哈： "知道了，知道了。波洛涅斯，你真是个正义之士，我很佩服。但有时候，一个人的正义感也会把别人平稳的家庭生活毁得一塌糊涂。并不是说哪一方如何不好，只不过从一开始，人类就是不幸地以这样的方式被造了出来。即便得到叔叔做了坏事的证据又能如何，我们大家只会变得比以前更可怜不是吗？"

波： "不，哈姆莱特殿下，恕我直言，您还太年轻。若能借此尝试，确认国王陛下良心无愧，我们自不必说，丹麦国民也一样能松一口气，幸福的笑脸将遍布全城。正义并非一定要举出别人的过失加以指责，有时候，正义会证明一个人的无辜来加以拯救。我波洛涅斯也在期待那万一的幸福结局。万一！万一出现那样的结局，啊，那就近乎奇迹了，不，可是，算了，总之，先试试看吧。那之后的事，就交给我波洛涅斯好了，我绝不会搞砸的。"

哈："波洛涅斯，你可太拼命了。可怜。我都明白。啊，讨厌。不管叔叔做了什么，又有什么关系呢，叔叔只是在以他的方式竭力度命罢了。看来，我的心态似乎一下子就变了。直到今早，我还那般诋毁叔叔呢，嚷嚷着必须查明那可恶的谣言的根源，波洛涅斯你几句话便戳穿了，也许确实是为了扭转丑闻的风向，也许确实只是当作遮羞布。此前，你告诉我'很遗憾，有确实的证据'，我便突然觉得叔叔很可怜。可怜啊。叔叔已经竭尽全力，他不是能做出那等蠢事、坏事的人。叔叔这人比我还弱，他正在拼命努力。啊，我是个笨蛋。即便是开玩笑，我也的确曾一时怀疑叔叔，我真是个不要脸的冒失鬼。波洛涅斯，别再玩这种假扮正义之士的游戏了。这种肤浅的游戏，不知会造成何种可怕的后果。啊，一想到那种可怕的后果，我就觉得活不下去了。"

波："您实在太夸张了。今早，您不断说自己'痛苦'，现在，又是一连串的'可怜'，也不知是从哪儿学来的，仿佛只记得这一个词似的，接连说个不停。这个世界不是仅由情绪构成的，还有正义和意志。要想活得好，怜悯和反省是大忌。您只考虑奥菲利娅的事即可。相较于哈姆莱特殿下，霍拉旭先生才是淡泊的，天真无邪的，像个真正的青年一样活在单纯的梦里。您多少学学他吧。霍拉旭先生仿佛已经忘记了这场朗诵剧的真正用意，一味沉浸在演戏本身带来的喜悦之中，那么积极地练习着。那样就很好。您的台词练熟了吗？观客们即将到场，霍拉旭先生此刻已去迎接大家了。真是个干劲十足的人啊。他似乎很想扮演新娘，但那个角色只有我才能演好。哎呀，观客们好像已经到了。"

国王、王后、侍者数名、霍拉旭、波洛涅斯、哈姆莱特

王："啊，谢谢你们今晚邀请我来。霍拉旭说他要表演在威登堡学会的名腔，我就带大家来聆听一番。在场的都是亲人，举办这样的活动，不啻为一大快事呀。一家人团聚，或许是人生最大的幸福。我最近都没什么值得高兴的事，人生似乎充斥着愁苦。今晚真的要感谢你们。哈姆莱特，你今天貌似精神也不错嘛，看来和好友霍拉旭一起玩，心情也会变好呢。今后也应该多举办这样的活动，哈姆莱特也能散心解闷。"

波："遵命。事实上，我也是抱着这样的心态，忘记自己的年纪，加入了他们青年的剧团。首先是为了庆祝此次陛下登基及大婚，其次是为了哈姆莱特殿下能散心解闷，最后是为了霍拉旭先生表演他在外国学到的发声法，这种发声法也异常高明。"

霍："别拿我取笑了。您一说发声法，我反而发不出声来。王后陛下，请移步，观众席在那边。请坐。"

后："事出突然，你们怎会想到演朗诵剧呢，是哈姆莱特突发奇想，还是波洛涅斯的小聪明，至于霍拉旭，似乎是被人怂恿利用了，总之说不通。"

王："葛特露，看戏的行家是不会把如此显而易见的事说出来的。好了，大家也都坐吧。嗯，舞台很不错，是波洛涅斯布置的吗？居然这么心灵手巧，可见一个人不管怎样，总有其可取之处。"

波："所言甚是，很快就会让您看到更心灵手巧的地方。好，那么，哈姆莱特殿下，我们上台吧。还有霍拉旭阁下，请。"

哈："感觉比阿尔卑斯山还高，这是要上断头台吗？哎哟。"

霍："但凡首演者，都会觉得这舞台高得让人头晕。我是第三次了，所以不要紧。啊！脚滑了。"

波："霍拉旭阁下，请多加小心，舞台是用空箱子堆成的，有些地方凹凸不平。好了，各位，我们三人，便是正义剧团，今晚，我们将为大家表演某英国女作家的杰出诗剧——《迎魂火》。由于剧团里混入了演技生疏的老家伙，有难入各位法眼之处，还望海涵。霍拉旭先生是在外国深造过的当红演员，接下来由他先行致辞。"

霍："啊？我，那个，什么也，不，怎么办呀。我只是想尝试演一下新郎的角色。"

波："在下扮演新娘。"

后："好恶心。波洛涅斯好像醉酒了。"

王："何止是酒，还要更糟，你看他那眼神。"

哈："我据说演鬼魂。波洛涅斯，不如快点开始吧，观众都说咱们是醉酒剧团了。"

波："什么，我可是唯一没醉的那个。尽管剧情有点荒唐，好了，各位，那就开始吧。"

新娘（波洛涅斯）：

> 恋人啊，善良的人，请抱紧我。
>
> 那个人，要带我走。
>
> 啊，好冷。
>
> 可怕的松涛。这寒冷的北风，冰冻了我的身躯。
>
> 遥远的，
>
> 遥远的，
>
> 森林深处，时而闪现出的星点灯火。
>
> 那，是我的迎魂火。

新郎（霍拉旭）：

> 噢，我来抱你了，我的小鸽子。
>
> 对面的森林旁边，只有星星在眨眼。
>
> 哪里都没有可疑的人。

在这朔风强劲的夜晚，星光竟也如此扎眼。

鬼魂（哈姆莱特）：

喂，

喂。

新娘。

跟我走吧，你该不至于已忘了我。

我的声音是寒风，我的新居是泥沼。

跟我走吧，

一起来那冰床上吧。

是我在叫你，你该不至于已忘了我。

来吧，简言之，曾经那羞涩偎依、含苞待放的

蔷薇，

现在是灿烂盛开的银莲花。

漂亮的骗子，

来吧。

新娘（波洛涅斯）：

亲爱的，再抱紧点！

那个人，用过去的影子，来折磨我。

那个人，用冰冷的手指，抓着我的手腕。

啊，亲爱的，请抱紧我。我的身体仿佛就要从你的怀里溜走，轻飘飘地飞到那森林墓地去。

那松籁，是人声，

不断呢喃着昔日因一时迷乱而缔结的约定。喁喁私语。

亲爱的再抱紧些！

啊，过去糊涂犯下的错。

我真没用。

新郎（霍拉旭）：

有我在。

事已至此还惧怕亡者，是多余的良心。

有我在。

哪里都没有可疑的人。

你若怕听风声，就暂时捂住耳朵。

鬼魂（哈姆莱特）：

来吧。

即使捂住耳朵，闭上眼睛，你应该也听得到我的声音，看得见我的身影。

我们走吧。

来，我们走吧。

我会依照昔日的约定，好好守护你。

你的寝床也准备好了，是一个能让你永远酣睡不再醒来的绝佳寝床。

来，来吧。

我的新居是泥沼。无论如何，那是我一心一意一往无前所抵达的路的尽头。

来，我们走吧，实现我们曾经的誓言。

新娘（波洛涅斯）：

亲爱的，

不必再抱我了，我不行了。

发出寒风声的那个人，要强行带我走。

既然如此，

就算我不在了也别沮丧，多喝点酒，也晒晒太阳。

啊，再等一下，容我再说一句。

我将被带走，连同离别的话语、头发、吻，什么也不留给你。

我已经不行了。

请别忘了我。

鬼魂（哈姆莱特）：

没用的。

那种乞怜的话毫无用处。

你不懂那新郎的心。

你爱的那个骑士，在你离去后的第三天，就一定会忘掉你。

因美丽而脆弱的罪女啊，

你即将在阴曹地府尝到我迄今所受的同样的痛苦——

嫉妒。

那便是你渴望被爱的最终的收获。

很快，便会有一个比你更年轻、更羞涩的小女子，用和你一模一样的姿势，坐在那张新娘坐的椅子上，让新郎立下种种新的誓言，怕是过不了多久就会生下孩子。

在这世上，越肤浅的人就越幸福，会被大家永远爱着。

来，我们走吧。

唯有我和你，

顶着风雨，

飞来飞去，号啕大哭，四处奔波！

后："够了！哈姆莱特，你给我适可而止。这究竟是谁的鬼主意？实在太荒唐了，教人看不下去。你若横竖都要故意气人，也请稍微机灵点，别做这种明摆着的蠢事。你们真卑鄙，真恶劣。我先走了，恶心得快要吐了。"

王："没什么好生气的，很有趣不是吗？似乎还有下文呢。波洛涅斯的新娘功不可没，屏住呼吸哀求'再抱紧些'的地方非常好，还有说着'我不行了'，突然无力地垂下头的地方，确实很有少女的感觉。演得真好啊。"

波："承蒙夸奖，愧不敢当。"

王："波洛涅斯，稍后到我的居室来一趟。哈姆莱特，你甚至说出了剧本里没有的台词，只是好像缺乏热情，表情太敷衍了。"

后："我走了。这么拙劣的戏，还是免了。波洛涅斯的新娘，得让秃头海怪演新郎才般配。好了，我先走了。"

王："等一下。哈姆莱特，这出戏已经演完了吗？"

哈："嗯，演完了。尽管还有不少下文，但演不演都无所谓了。到此为止吧，毕竟演戏并非真正的目的。好了，各位，请回吧，今晚大家想必很扫兴。"

王："我也是这么想的。那么，葛特露，我也和你一起走。啊，相当有趣。霍拉旭，你在威登堡学会的名腔，在讲话结结巴巴这一点上似乎颇有特色。"

霍："扰您清听了。在这场朗诵剧中，我有点大材小用了。"

王："波洛涅斯，稍后来我居室。那么，走了。"

波洛涅斯、哈姆莱特、霍拉旭

波："用普通的办法不行。"

霍："看来什么事都没有呀。"

哈："当然了。王后怒了，国王笑了，知道这些又有何用。波洛涅斯，你就是个笨蛋，你对奥菲利娅的爱似乎太急切了些。唯有我和你，顶着风雨，飞来飞去，号啕大哭，四处奔波！"

波："什么，态势要急转直下了。好吧，等着瞧吧。"

八　国王的居室

国王、波洛涅斯

王: "你到底还是背叛了, 波洛涅斯。你教唆孩子们演出那么愚不可及的朗诵剧, 究竟是怎么了。你不觉得你已经疯了吗? 还请自重。我大抵明白, 你是企图用那样的闹剧来吓唬我们, 好让我们原谅你女儿的过失, 没错吧? 波洛涅斯, 你果然也是个糊涂父亲啊。为何不直接跟我商量呢。倘若你有怨气, 大可直接说出来。你不诚实, 太阴险, 只会玩弄一些无聊的小把戏, 完全做不出有男子气概的乾坤一掷的大阴谋。波洛涅斯, 你多少该为自己感到羞耻。你和哈姆莱特、霍拉旭这两个黄口小儿厮混, 读着令人肉麻的装腔作势的台词, 你究竟怎么了? 那也叫朗诵剧? 从你涂的那张樱桃小嘴里两度念出'遥远的, 遥远的'时, 我全身都起了鸡皮疙瘩。太可怕了, 看得我尴尬极了, 眼泪都出来了。你本就神经纤细, 那也是你的优点, 你对大事小情处处用心，无微不至，甚至对遥远的未来也不乏远虑，为我出谋划策，帮了很大的忙，我由衷地感谢你，觉得你很可靠，没你不行，但同时，那也是你的缺点，使你缺乏豪放磊落的气度，做事小肚鸡肠，爱发牢骚，有什么想法不直接说出来，惯于故弄玄虚，假装绅士粉饰遮掩。可以说是诗人气质吧，阴郁得不行，看上去总像心怀怨恨似的，所以城中的人似乎也觉得你难以亲近，不大喜欢你。明明没做什么坏事，看上去却很阴险。你的性格，女人气太重，不够爽朗。"

波："此即所谓有其君必有其臣。我波洛涅斯的女人气，怕也是受到了国王陛下的巨大影响。"

王："你说什么，简直疯了。无礼。说什么呢，你绷着那张脸，看起来就像变了一个人。波洛涅斯，你是真疯了吧。方才发出那么令人毛骨悚然的尖叫声，扮演新娘这种不讨喜的角色，你本就神经羸弱，忽而垂头丧气忽而兴高采烈，是个情绪很不稳定的人，所以有点事就会让你兴奋，忘了地位和年龄，跳出来胡闹。但是，胡闹也该有个限度。三十年来，你和我可谓是活在同个屋檐下的关系，然而像今晚这样过分的丑态，还是头一次见，我以为其中或许有更深层次的原因，本打算好好问问你，于是把你叫了过来，可我是真没想到啊，你非但没有一句道歉，还耍起脸子来了，一口咬住我不放。波洛涅斯！现在，你冷静一下，明确回答我。你都一把年纪了，到底为何如此不懂事，起意去演那种连小孩子都会笑话的浮夸的戏。总之，那场戏，不，该叫朗诵剧吗？总之，那场无聊的朗诵剧，一定是你的主意，我很清楚。无论哈姆莱特还是霍拉旭，都会选择更有趣的剧本，只有你才会选择那种夸张得教人不禁打冷战的老套的剧本。都是你干的好事。好了，波洛涅斯，回答我，你为何要做出那么无礼的蠢事呢。"

波："国王陛下睿智无双，即使我不回答，想必您也能洞察无遗。"

王："这回又过分恭敬，说反话讽刺起我来了。你在耍性子闹别扭吗？波洛涅斯，别摆出那副装模作样的表情了，简直和哈姆莱特一模一样，难道你也成了他的弟子？方才听王后说，最近到处都涌现出哈姆莱特的弟子。先有霍拉旭，以前就为哈姆莱特着迷，连怎么撇嘴都要模仿他，最近据说又冒出来一个年轻的女弟子。然后，现在似乎又出来个爷爷辈的弟子。有这么多出色的后继者层出不穷，哈姆莱特大概也是底气十足了。波洛涅斯，你都一把年纪了，不该如此耍性子闹别扭。你若有不满，干脆打开天窗说亮话如何。若是奥菲利娅的事，我已有思想准备。"

波："很抱歉，问题不在于奥菲利娅。她的命运已经注定，她要做的就是悄然退居乡下城中，偷偷地把肚子变小。然后，我会辞去职务，中止雷欧提斯的游学。我们一家即将没落，那是已经注定了的，我波洛涅斯认命了。哈姆莱特殿下自然是必须迎娶英国公主的，事关一国安危。奥菲利娅虽然也很可怜，又怎比得上国家的命运呢。我波洛涅斯一家，会忍受任何不幸活下去，这一点请放心。言归正传，问题不在于奥菲利娅，问题在于正义。"

王："正义？这话就奇怪了。"

波："正义，青年的正义。我波洛涅斯与之产生了共鸣。国王陛下，现在正是时候，我将毫不隐瞒地道出一切。"

王："听起来感觉像是朗诵剧的后续。你不觉得你的腔调很像在演戏吗？"

波："国王陛下，我是认真的，我反而要请您别再打岔，认真听我说。首先，我有件事想问陛下。对于最近城中那令人极不愉快的传言，您怎么看？"

王："怎么说呢，你说的事我不大清楚。若是关于奥菲利娅的传言，我是今早听你提起才知道的，以前做梦也想不到。"

波："别装糊涂。奥菲利娅的事现在不是问题，已经相当于解决了。我方才问的，是一个更大、更可怕、更难以解决的问题。您真的什么都不知道吗？没有一点头绪吗？怎么可能呢，根本就不——"

王："我知道，统统都知道。关于先王的死因，传出了无耻的臆测，人们交头接耳议论纷纷，这件事我也知道。比起愤怒来，我更为自己的无德感到羞耻。那么荒诞不经的谣言，所以能像煞有介事地流传开来，也是我品德不备的缘故。我寂寞得受不了。然而，谣言不断散播，最近似乎已传入外国人耳中，我若继续自责，空自慨叹无德，只会让谣言越发得势，也许将导致不可挽回的局面，于是便想和你商量一下，看该如何管束谣言。我倒没什么，但王后毕竟是女人，对这谣言非常在意，这阵子似乎夜不能寐。倘我再这般蹉跎度日，坐视不理，王后会死掉的。那些年轻人不理解我们的艰难处境，总在轻浮地讽刺、挖苦，把别人拼了命的人生当作游戏的道具。我本以为他们就很可怜了，谁知这次连你也不知出于什么理由，居然还冲在了年轻人的前头，疯狂地胡闹，让我真的烦透了这个世界。波洛涅斯，不会连你也信谣了吧。"

波："我信。"

王："什么？"

波："不，我不信，但我要假装相信。这是我临别留下的忠诚。国王陛下，不，克劳狄斯陛下，三十多年来，不只臣波洛涅斯一人，连同家人也蒙您恩宠、庇护。这次由于奥菲利娅犯下令人遗憾的过错，我不得不告别，心中感慨万千。在致以痛苦的离别感言之前，我想献上最后一份忠诚，以报答您的鸿恩之万一，便从今早起，对年轻人用了点我认为最好的手段。年轻人起初把那传言当笑话看，大惊小怪地起哄，但我并未否定他们的玩闹之举，而是告诉他们，那个传言是有根据的，是真的。"

王："波洛涅斯！这算哪门子的忠诚。你教唆年轻人，散布流言蜚语，既非忠诚亦非报恩。波洛涅斯，你的罪过，单单辞职是抹消不掉的。我看走眼了，没想到你竟是这等卑劣之人。"

波："您的怒火，还请暂缓发作。倘若我这次的手段有误，我甘愿接受任何惩罚。克劳狄斯陛下，恕我冒昧，我早已看出，此次的奇怪传言流布甚广，出乎意料，越是试图扑灭，传言的火势就越旺，以普通手段是很难阻止了，所以我采取了死中求活的手段，即我十分轻率地跟着起哄，败坏年轻人的兴致，使他们纷纷同情陛下您。果然，无论哈姆莱特殿下还是霍拉旭，如今均已被我狂热连呼'我是正义，正义'的姿态惊得目瞪口呆，甚至开始口口声声为陛下您辩护了。在不远的将来，这股浪潮便会自王城深宫兴起，滚滚流向四面八方，将传言的火焰统统扑灭。一切看来都很顺利。传言这东西，当我们试图平息时，它反而会传播开，一旦我们反其道而行之，用力煽风，却能教它兴败势坏，自然消失。我都这把年纪了，和年轻人混在一处，说些正义啦理想啦等令人肉麻的恶心话，最后还不得不演那个新娘的角色，我心里很不好受。现在想起来，都会冒冷汗。望陛下体谅臣之微衷。"

王："说得好，真是漂亮的申辩。不过，波洛涅斯，我不是小孩子，岂会相信如此荒唐的借口。就算我想相信，可这话也太荒唐了，叫人不由得失笑。为了扑灭传言的火势，反而用力煽风，——如此愚蠢、幼稚的粉饰之言，或许能教哈姆莱特他们听了为之感服，但在我，只会觉得滑稽。有你这样的忠臣吗？波洛涅斯，什么也别说了！蠢得教我听不下去。我来告诉你，你应该从很早以前就对葛特露怀有某种特殊的感情。此次先王猝亡，葛特露终日悲叹，以泪洗面，而你当时的安慰话语里充满了异样的真情，我很清楚。从那时起，我就看清你是个可恶又可悲的家伙，对你暗自戒备。波洛涅斯，你自己并未意识到，但你已经心烦意乱了，对奥菲利娅的过失感到极度的惶恐，却又突然大谈什么正义啦清高啦，为这些孩子充当爪牙，迁怒于我们，现在又突然以忠臣自居，借这次的奥菲利娅事件为转机，胡言乱语不知所云，但那不过是你忍耐至今的某种情绪以颇为滑稽的形式爆发出来罢了。你自己毫无觉察，但你已经心烦意乱了，只想把老人的火气不分青红皂白地向所有人发泄。波洛涅斯，你的这种心态，向来便有个名称，定义明确，在先前的朗诵剧中，也曾出现在哈姆莱特念出的台词里。你注意到了吗？好像是叫嫉妒呢。"

波："哼！请不要太自负。看来爱情果真让人盲目。陛下，您才是毫无自觉呢。您自己正在恋爱，就觉得所有人似乎都在恋爱。总之，那个叫'嫉妒'还是什么的字眼，我得奉还给您。

我波洛涅斯虽然一直过着鳏夫的生活，但至少，那种不堪的丑事我是不会做的。陛下，您才是有着莫名的嫉妒呢。我觉得，陛下此刻的心情，才应该称为嫉妒。长久以来的秘密心思传达给了对方，陛下您自然喜出望外，谁知您却连我这样土里土气的老人都要嫉妒。这样说来，我波洛涅斯不免猜测，您家中的情形并不太好，对吗？"

王："住口！波洛涅斯，你疯了吗？你要知道你在跟谁说话。看来，你女儿的过失让你已变得破罐子破摔了。光是方才那番无礼谩骂，就当得免职入狱之罪。肮脏、下贱的臆测，是我最憎恶的。波洛涅斯，建设需时长久，而毁坏只在一瞬之间。你三十年来的效忠，因今晚的无礼而荡然无存了。真是虚幻啊。一个人的命运，半点也无法预知，完全不知道下一刻会发生什么。我此前一直相信，宿命是可以凭意志来左右的，但似乎，冥冥之中确实存在神的旨意。波洛涅斯，我方才本已打算原谅你，至于奥菲利娅的事，我也做好了最坏的打算，一旦哈姆莱特当真爱上奥菲利娅，对我们的忠告置若罔闻时，那没办法，只能放弃英国公主，允许他和奥菲利娅结婚。王后已经站在奥菲利娅那边了。今日傍晚时分，王后曾哭着跪下求我。至今一直冲我冷笑的葛特露，头一回抛下自尊，连我也不得不做好了思想准备。迎娶英国公主是一项重大政策，但倘若此举会导致我家不睦，则我并无坚持实行的勇气。我是弱者！看来我不是一个出色的政治家，比起丹麦国的命运，我更爱一家人的和睦。只要能当一个好丈夫、好父亲，我就心满意足。我也许没资格做国王。我本已打算原谅你们了，毕竟大家都是弱者。我本已下定决心，今后也要和你们互相帮助，和睦相处，可是波洛涅斯，我没想到你居然如此愚蠢，只知自己一个人胡思乱想，以致心怀偏见，坚信你们一家将要没落，于是自暴自弃，为了一份无法实现的爱而对王后实施报复，通过一场无聊的朗诵剧指桑骂槐，并且，一开始还企图以忠臣的苦肉计等借口蒙骗我，被我识破后，你又突然翻脸，对我破口大骂，状似恐吓，无礼至极。波洛涅斯，我已经不想原谅你们了。你太蠢了，我算是看透了。我可以原谅人类的罪恶，但我不能原谅人类的愚蠢。愚蠢，是最大的罪恶。波洛涅斯，这次可不是仅仅辞职就能了结的，你应该知道吧。"

波："说谎！您在说谎。陛下，您所说的都是谎言。您说本已打算允许哈姆莱特殿下和奥菲利娅结婚，根本是在说谎，弥天大谎。您是弱者？不是一个出色的政治家？比起丹麦国，您更爱一家人的和睦？统统都是谎言。像陛下这样拥有卓越手腕的强大的政治家，在整个欧洲也为数不多，我波洛涅斯向来暗自赞叹不已。陛下，您别再隐瞒了。这个房间里只有陛下和我波洛涅斯，再没有第三个人。现下已是丑时三刻，城内的人自不必说，就连宿于檐下的小鸟、栖居棚顶的老鼠，无一不在酣睡，绝无旁人偷听。好了，您请说吧。我波洛涅斯什么都一清二楚。陛下，这两个月来，您应该一直都在暗中伺机而动，就等着我波洛涅斯垮台呢。"

王："净说无聊的谎话。丑时三刻怎么了。你像演戏一样，恬不知耻地罗列一堆形容词，如此气势汹汹，到底在说什么？成何体统。波洛涅斯，你退下吧。有件事过后再跟你说。"

波："现在马上就想听，我已经有了准备。我已经认命了，无处可逃。这两个月来，我被陛下盯上了，您用一对鹰眼，寻找我可能犯下的过失。我对此一清二楚，所以不管什么事我都足够小心，不去违背陛下的意思，直到昨天，我都认为自己尽忠尽职，没犯什么大过错。我让我儿雷欧提斯去法国游学，一部分原因也是为了让他逃离陛下那双可怕的穿凿之眼。即使我并无过失，雷欧提斯毕竟年轻，举止粗暴，不可能不犯错。哪怕雷欧提斯只犯一点点小错，陛下也会迫不及待地予以惩罚，将我一家葬送，此事在我看来洞若观火，再明白不过，所以为保万无一失，我让雷欧提斯逃去法国，刚松了一口气，却不料我最信任的奥菲利娅遗憾地闯下了弥天大祸，昨天我得知后，立足的土地轰然坍塌，我死心了，知道已经完了。现在，我至少想保住奥菲利娅的幸福，于是成了抓住一根稻草不放的溺水之人，今早和哈姆莱特殿下商量，恕我直言，殿下还很年轻，只会漫无边际地说些废话，什么黑云滚滚啦，乌云压顶啦，根本靠不住。我仔细一问，原来比起奥菲利娅的事，哈姆莱特殿下更在意那个有关先王死因的可怕的传言，还意气风发地说，一定要查明谣言的根源。倘若坐视这些年轻人蛮干，说不定他们会惹出天大的麻烦来，造成难以挽回的后果。于是，我波洛涅斯制定了一生一次的策略，或者说是临别留下的忠诚，毫不犹豫地支持年轻人的怀疑，一马当先，高呼正义，提议演出那么浮夸的朗诵剧，好教这些年轻人瞠目结舌，败兴而归。我这番谋划，先前已经说过，可您却完全不相信我。在内心深处，我固然对奥菲利娅存有怜爱，仍在祈祷至少那孩子能幸福。尽早驱散哈姆莱特殿下心中那可恶的怀疑，让他可以一心一意只考虑奥菲利娅的事，全力为奥菲利娅而战，算是为了奥菲利娅也好，不能说我一点没有这方面的考量。但是，这绝非全部。陛下，请相信我！人类拥有想做好事的本能，只要活着，就会渴望得到别人的感谢。今日一整天，我波洛涅斯都在打算为国王陛下，为王后陛下，为哈姆莱特殿下留下我的最后一份忠诚，作为临别的赠礼。我理当受到夸奖，却被陛下说成愚蠢的粉饰，是破罐子破摔，遭到嘲笑，您甚至试图让我背上嫉妒这口意想不到的黑锅，我波洛涅斯终于忍无可忍，才说了那些失礼的脏话。我已经死心了。这两个月来，陛下一直在等我落入这样的窘境，想必这是您的夙愿吧。我波洛涅斯确实很蠢，是丹麦头号笨蛋，从一开始就知道会是这样的结果，我却仍只想着尽我应尽的情分，留什么多余的忠诚，反而让自己陷入不利的境地，处罚想必也要重上数倍。我真可谓自掘坟墓。"

王："啊，我睡着了。说得天花乱坠，让人不禁陶醉。波洛涅斯，你是不是有点恋栈呀。事到如今，再发牢骚也没用了。退下吧，我意已决。"

波："真够坏的。陛下，您是个坏人，我恨您。非要我说出来吗？您以为那件事我不知道吗？我看到了，亲眼看得清清楚楚。两个月前，我只因为看到一眼，从那以后就一直很不幸。陛下发现我是目击者后，就用一双鹰眼盯着我不放，想让我垮台。我遭到了陛下的厌恶。我已有所觉悟，知道自己终有一天必然会被逼入绝境，被赶出这王城。唉，要是没看到就好了，什么都不知道就好了。正义！直到前一刻，我还只是个虚有其表的正义之士，但现在，我已经想从心底里为正义呐喊了。"

王："退下！你这话简直岂有此理。为了让别人原谅你的过失，竟敢出言恐吓，你这龌龊的老东西，退下！"

波："不，我不退下。我看到了，我忘不了两个月前的那一天。早晨天寒地冻，但临近晌午太阳出来后，就变得暖洋洋了，先王到庭园里去了，就是那时候，就是那时候。"

王："你疯了！现在就处罚你。"

波："那我就接受处罚好了。我看到了。因为看到，所以受罚。啊！可恶！居然是用短剑处罚！"

王："原谅我。我本没打算杀你，孰料刀脱鞘了，就刺中你了。你先前说的种种坏话，我本以为是你太怜爱自己的女儿而一时昏了头，当你是个可怜的老人，谁知你竟得寸进尺，大约是终于彻底疯了吧，居然乱嚷嚷一些古怪而可怕的事，我这才不慎拔剑，刺中了你。原谅我。你的话也实在过分了。奥菲利娅的事，你不用担心。波洛涅斯，我的话你明白吗？我的表情你明白吗？"

波："为了正义。没错，为了正义。奥菲利娅，拿我的铠甲来。为父不是个好父亲啊。"

王："眼泪。便是像我这样的人，眼泪也会奔涌而出。希望这些泪水能洗去我的罪孽。波洛涅斯，你究竟看到了什么？你的怀疑也不无道理。啊！是谁！站在那里的是谁！别跑。等等！哦，是葛特露。"

九　王宫大厅

哈姆莱特、奥菲利娅

哈:"是吗？波洛涅斯从昨晚就再没出现过？这就有点奇怪了。不过，应该没什么大不了的，大人有大人的世界。他们明知道自己那显而易见的权谋术数已被识破，却仍装出高深莫测的表情，在这边嘀嘀咕咕，到那边偷偷摸摸，不是彼此颔首做惺惺相惜状，就是互使眼色，可分明不是什么大不了的事，换句话说，他们很享受耍这些阴谋诡计，怎么也控制不住自己，所以总想演一出聚会碰头这种蠢戏。叔叔也好，波洛涅斯也罢，似乎都很喜欢小家子气的权谋术数，所以他二人可能昨晚碰了下头，又要开始耍花招了。即便是昨晚的朗诵剧，其中也不乏波洛涅斯的深谋远虑，不然就是他疯了。其中有他精明而狡猾的叵测居心，我已大概有了头绪。他们可谓老奸巨猾。本来，所谓老奸巨猾之人，大抵皆是浅薄的、败兴的、只会打小算盘的、可怜的、卑贱的存在。可是就算我们识破了这一点，倘若不以为意，只用轻蔑的目光袖手旁观，则难免要吃苦头，一不小心就会遭到攻击。尽管他们是那么的讨厌，让人甚至想将其暗杀，不，是蔑弃，但也不可大意。起初，我只以为波洛涅斯的朗诵剧是他出于怜爱女儿一时昏头，为了讽刺国王和王后而制定的谋略，但昨晚我又仔细想了想，似乎不止如此。他们的所作所为，统统都是心理诱导，是巧妙而卑劣的欺诈，所以让人讨厌。我昨晚终于明白了，而当我明白以后，我惊呆了。他们太可怕了，一个也不能信。这世上，果然是有坏人的。我到了这个年纪，才终于发现世上真的有坏人。这谈不上什么丰功伟绩，只是理所当然的发现。我太傻了，过于天真，如今才终于发现那么理所当然的事，还吓了一跳，太了不起了。我真是个大笨蛋，蠢到家了。昨晚的朗诵剧，本就是叔叔和波洛涅斯暗中合谋的产物。这一点毋庸置疑，要是错了，我就把这对眼珠抠下来给你。我不会再上当了。叔叔只为避开我们的怀疑的目光，便伙同波洛涅斯，想出了那么令人不快的计划，目的在于蒙蔽我们。他们是把我们当傻子呢，我们完全被他们耍得团团转。换句话说，叔叔为了掩饰自己的愧疚，便先发制人，命令波洛涅斯教唆我们，让我们用那么愚蠢的朗诵剧去试探国王，而国王却毫不在意，因此我们很沮丧，那可怕的怀疑也自然而然地从我们心头消失了，同样的心态将一个传一个，要不了多久，城中的人就会变得和我们一样，一切不祥的私语都会消亡。这就是他们的浅薄的居心。我的推断肯定没错，叔叔和波洛涅斯从一开始就是一丘之貉。这么明摆着的事，我怎么就没意识到呢？不管怎么说，他们的所作所为实在太恶毒了。非要如此大费周折地欺骗我们不可吗？对他们，我们信任且依赖，也感受到亲近，甚至不乏尊敬，所以总是毫无戒心地微笑以对，可他们从来不会对我们敞开心扉，一直抱有戒心，一直都在谋划着什么，所以我很伤心。他们怎么敢如此做。二人合谋，一人扮法官，一人扮被告，假意争论给我们看，寻机判决证据不充分，无罪释放。我和霍拉旭居然一脸严肃地协助那个冒牌法官，并为此满心欢喜，这简直是足以流传后世的天大笑料，光荣之至。不过，他们的策略的确算是成功了。霍拉旭已然相信，经此一试，国王陛下显然问心无愧，哈姆莱特王室万万岁。他说，我们纵然只是一时信谣，怀疑国王陛下，也很惭愧，演了那么一出失礼的朗诵剧，希望过后不会挨骂云云，他对叔叔完全信任，反而对我们的怀疑感到惶恐，城中的人似乎也要开始重新尊敬叔叔了。人心真是靠不住啊，犹如风中芦苇，轻易便被折服，摇摆起来，哪管它向左还是向右。就连我，刚演完那场朗诵剧时，也只以为波洛涅斯是一时昏头精神错乱，我觉得叔叔很可怜，甚至想去他的居室道歉，可后来冷静下来一想，开什么玩笑，我们根本就是被他们给耍了。明白过来以后，简直令人毛骨悚然。一切皆有原因，那不祥的传闻并非谎言！叔叔和波洛涅斯是蛇鼠一窝，他们二人现在沆瀣一气，正在拼命阻止坏事败露。但我知道，我的眼睛是雪亮的。事已至此，我也必须下定决心了。他们是坏人，连波洛涅斯也是从一开始就什么都知情。他大谈什么正义啦，青年的伙伴啦，巧言哄骗我们，把我们耍得团团转，这伎俩玩得漂亮。他要是正义的伙伴，天堂早就人满为患，地狱空无一人了。哎呀，抱歉。我太激动了，忘了波洛涅斯是你父亲。不过，我并不是故意说你父亲一个人的坏话，叔叔他也一样，我是在对世上的所有大人感到愤怒，请别误会。哎呀，你哭了。怎么了，是因为见不到父亲而不安吗？果然还是担心啊。没事的，他现在一定是领了国王陛下的密令，正一心忙着完成任务呢。至于是什么样的任务，我也不知，反正不是什么好事。"

奥："我没哭。用手帕擦眼睛，是因为眼里进了灰。看，灰尘已经擦掉了。我没在哭吧？哈姆莱特殿下，您总是格外夸张地揣测我的心情，让我经常忍不住想笑。我只是在出神地眺望晚霞，觉得很美，殿下却把手轻放在我肩上，说什么'我明白，很痛苦吧，但并非只有你一人痛苦，晚霞的悲伤，我也很清楚，但是，忍耐着活下去吧，就算只为我一人，也请再活一段时间，抱着想死的念头却仍隐忍活着的人，在这世上何止几万、几十万'，说得太可怕太夸张了，好像我在考虑寻死一样，倒是让我忍笑忍得实在很痛苦。我现在没有一点伤心事。您太体贴了，总是过度揣测，一个人大惊小怪，我都不知如何是好了。女人嘛，不会总是什么事都想得太深入，活得稀里糊涂的。父亲从昨晚就再没出现过，我是有点担心，但我相信父亲，他不像殿下您说的那么坏。您太反复无常了，今天说一个人不好，明天或许就会把他好一顿夸，所以我决定不去在意您说的话，不过，您若还像方才那样，对父亲乱加猜疑，说些可怕的话，我也难免想哭。父亲是个懦弱的人，非常容易兴奋，昨晚的朗诵剧，虽然我身有不便未能到场观看，但倘若父亲说演那场戏是为了正义，那就一定是出于父亲的正义之心。父亲经常说一些小玩笑一样的谎言来骗我们，但他绝不会说可怕的大谎。在这一点上，他是个认真的人。他很清高，责任感也很强。我想，昨晚，父亲一定是因为感动于你们的热情，一时不慎，才上演了那场朗诵剧。请对我父亲多一些信任。"

哈："哎呀，哎呀，今天吹的什么风呀，居然呈现出红唇喷火的盛况。要是一直这样就好了，我也有劲头，也开心。"

奥："您又开始挖苦人了，我什么也不想说了。我是认真的，哈姆莱特殿下。我决定了，从今天起，想什么就说什么，我想您也会夸奖我的。您让我明白了，一直以来，我不是犹犹豫豫不开口，就是刚开口便作罢，致使殿下不悦，我不想以为我不信任您，对待爱有太多算计，所以才结结巴巴难以成言。这两个月来，我简直丧失了自信，以至哭鼻子抹泪，连想说的话都说不出来，只会叹气。以前的我不是这样的，但自从有了一个痛苦的秘密，我一下子就不行了。不过，昨天王后陛下对我说了许多温言软语，我彻底恢复了精神，身体也轻快起来，像变了一个人似的。现在，我心里只被一个希望填得满满当当，我希望生下哈姆莱特殿下的孩子，抚养他茁壮成长。我现在很幸福，也很开心。今后，我要做回从前那个活泼调皮的奥菲利娅，带着自信和骄傲，不管有什么想法都直接说出来。哈姆莱特殿下，您算是个诡辩家，抱歉。您说的话，都像演戏一样，太浮夸，抱歉。您总像喝醉了似的，抱歉。您太自命不凡，怪声怪气的，这怕是所谓'深刻癖'吧，似乎不把自己变成悲剧的主人公就不罢休，抱歉。毕竟事实如此。国王陛下也好，我父亲波洛涅斯也好，绝不像殿下说的那么坏，那么卑劣。您是心怀偏见，故意找别扭，所以国王陛下、我父亲还有王后陛下都很为难。在我看来，事情就是这么简单。最近不知怎的，城中好像流传着令人讨厌的谣言，但谁都没真当回事。我家的乳母和女佣都说：'听说外国很流行这样的戏剧，编排得满有趣。'看她们那悠闲的样子，做梦也想不到那谣言说的正是丹麦的国王陛下和王后陛下。大家都安然敬慕着国王陛下和王后陛下，我觉得这样就挺好。哈姆莱特殿下，真正怀疑并为之苦恼的，在这厄耳锡诺王城之中，唯你一人而已。听说父亲昨晚是出于正义之心才演那场朗诵剧的，可那又是怎么回事呢。我也不大清楚，一定是父亲又兴奋了，毕竟他很容易兴奋。我没资格深究父亲他们的所作所为，况且我一个女孩子，就算深究下去，当然也挖不出任何结果。因此，尽管我说不清楚，但我相信父亲。另外，我也相信国王陛下。至于王后陛下，本就是我尊敬的人。根本什么事也没有，哈姆莱特殿下，只有您一人说什么阴谋诡计、老奸巨猾，说周围无疑尽是坏人，紧张兮兮的，太滑稽了，抱歉。明明没有敌人，您却通过自己的幻想捏造出敌人的影子，还自作深刻地说什么不可大意，一不小心就会上当。无论国王陛下还是王后陛下，他们都很爱殿下，您怎么就不明白呢。哪里也没什么坏人，哈姆莱特殿下，也许你才是唯一的坏人。毕竟大家都在安安稳稳地过日子，只有您用歪理诡辩来攻击大家，折磨大家，然后说在这世上，唯独您的爱是纯粹的、忘我的——"

哈："奥菲利娅，且慢。虽然我不想惹你哭鼻子，那样我也头疼，但我实在受不了你这样得意忘形、自信十足的嚣张气焰。奥菲利娅，你今天不大对劲。你根本就不明白。原来如此，一直以来，我在你眼里就是这种人啊，真遗憾。女人啊，不管怎么说给她听都没用。你根本什么都不懂。也许我是很天真，或是像喝醉了，怪声怪气，做什么都像演戏。那也无妨，倘若在你看来如此，也没办法。但是，我绝没有自命不凡，也没有一心以为唯独自己的爱是纯粹的、忘我的，更没有胡乱攻击、折磨别人。倒不如说，恰恰相反。我是个乏味的人，是个窝囊的人，因为害臊而手忙脚乱。我痛切地深知自己的不足和恶德，为此无地自容。我绝非诡辩家，而是现实主义者，什么都明白，对自己的愚蠢和丑陋，我都有正确的认识。不仅如此，我对他人的内疚也很敏感，很快就能嗅出他人的秘密。这是一种低劣的习性。俗话说'恶德发现恶德'，确实如此，我之所以能够快速指摘他人的恶德，是因为我也有和他们一样的恶德。自己不义时，对他人的不义也会很敏感。这种嗅觉别说自豪了，简直就是可耻。我很不幸，恰恰具有如此讨厌的嗅觉。我的怀疑没有一次不准。奥菲利娅，我是个不幸的孩子，你不懂。我身无任何高迈之处，只有懒汉、胆小鬼式自觉的过度泛滥。这样的孩子，今后到底该怎么活下去呢？奥菲利娅，我所以说叔叔、母亲还有波洛涅斯的坏话，不是因为我鄙视他们，厌恶他们。我没那资格。我是心有怨气，因为总被他们背叛、抛弃所以心有怨气。我信赖他们，甚至在内心一隅尊敬他们，而他们对我却是那么的戒备，如同触碰污物一样，以胆战心惊的苦笑态度对待我，嘿，他们全是那般高雅的人吗？总是毫不犹豫地背叛我。他们从不曾敞开心扉跟我商量，也不曾狠狠地大声骂我。他们为何这么讨厌我呢，我一直爱着他们，那么那么那么爱他们，随时愿意为他们付出生命，可他们却躲着我，暗地里嘀嘀咕咕批判我，叹息着装高雅，说什么'真拿这大少爷没法子'。我完全明白，我不是心怀偏见，只是有了正确的认识。奥菲利娅，你多少明白了吗？连你也加入大人的行列，向我灌输所谓忠告，太无情了。一位哲学家这样说过：'想了解孤独，就去恋爱吧。'此话不假。啊，我渴望爱，渴望获得朴素的爱的只言片语。难道就没人能干脆地大声说'哈姆莱特，我喜欢你！'吗？"

奥："不，我奥菲利娅这次也不认输。哈姆莱特殿下，您真的很擅长推脱，强词夺理。我说您自命不凡，您这回却反过来说'没人比我活得更惨'。您若果真那么清楚地知道自己的缺点，就不要一味自嘲，不如干脆沉默下来，努力改正缺点。光是自嘲毫无意义。抱歉。您一定是个相当爱虚荣的人，实在太愁人了。哈姆莱特殿下，振作点，今后请别再说什么'渴望获得朴素的爱的只言片语'之类的话了，听上去像女孩子一样柔弱。大家都很爱你，您有点太贪心了。抱歉。毕竟一个人若真的爱你，就会觉得什么爱的言语太露骨了，反而不愿说出口。在他心里，会一点点产生对于自己的爱的骄傲，这是一种矜持的骄傲，他认为即使自己不说，对方也总有一天会明白。而您，却要践踏那仅有的骄傲，不惜强行撕开他们的嘴，也想让他们大声喊出自己的爱。爱是很羞人的，而被爱也很难为情，所以，无论相爱多深，都很难说出'喜欢'二字。强迫别人喊出这两个字是很残酷的，太任性。哈姆莱特殿下，即使您不相信我的爱，至少也请相信王后陛下的爱。王后陛下太可怜了，她唯一的依靠就是您。昨天在庭园里，王后陛下拉着我的手，哭得很伤心。"

哈: "想不到，竟会从你口中听到爱的哲理，你几时变得如此渊博了。差不多得了。女人信奉这种歪理，必将被男人抛弃。保罗①说:'我不许女人行教训事，不许女人在男人头上执权，女人只该保持安静。'他最后下结论说:'女人倘身具谨慎、信仰、爱和纯洁，便该因生子而得救赎。'意思是说，女人不要试图去教别人，也不要试图压迫男人低头，该安静下来，想想将出生的孩子。你是个好孩子，所以别再说那种歪理，不然世界都变暗了。据我推测，大概是你被我母亲灌输不良的智慧，莫名地获得了自信。我母亲倒也算是个理论家呢。要不了多久，就会受到保罗的惩罚。下次见到我母亲，你告诉她，不言的爱，从古至今无一实例。因为真爱所以沉默——这么想是相当顽固的自以为是。把'喜欢'说出口，的确羞人，任谁都会害羞，然而爱的实质就在于闭眼克服害羞，以舍身跃入怒涛的心态，喊出爱的言语。之所以能保持沉默，归根结底是因为爱得不深。这是利己主义，心存算计，害怕日后担责。这怎么能叫爱呢?

---

① 保罗（Paulos, 10—67），基督教初期的使徒、圣人，事迹见于《新约全书》。——译者注

换句话说，之所以害羞说不出口，是因为太过重视自己，惧怕跃入怒涛。倘是真爱，不自觉便会说出爱的言语，哪怕结结巴巴也好，哪怕只言片语也好。爱到极致，便不得不说。猫也好，鸽子也好，不都会叫吗？你告诉我母亲，什么不言的爱，古今中外哪里也找不到。爱，在于言语。一旦言语消失，这世上的爱也会随之消失。倘以为爱的实质在言语之外，就大错特错了。圣经中也有记载：'言与神同在，言即是神，其中有生命，此生命即人之光。'你该让我母亲读一读。"

奥："不，绝非王后陛下教我这么说的，我只是尽我所能说出了自己的想法。哈姆莱特殿下，您这话太可怕了。假若爱只在于言语，不在于别的，那我觉得爱这东西简直太无聊了，只会令世人徒增烦恼，不如干脆消失才好。我无论如何也不相信殿下的话。世间有神，默爱万物，绝不会大喊什么'我喜欢你'，但神依然爱大家——爱森林，爱花草，爱江河，爱少女，爱大人，也爱坏人，一视同仁，默默地爱着。"

哈："你这么说太幼稚了。你所信仰的，是邪教的偶像。神当然是有言的。你想想看，最先明确告诉我们神存在的是什么。不正是语言吗？不正是福音吗？所以，基督——哎呀，叔叔带着众多侍者，气急败坏地走来了。今天在这大厅里，莫非有什么仪式。因为这里的房间平时很少使用，我觉得适合与奥菲利娅秘密约见，所以经常叫她到这里来，却不料竟会遇见这种事，大意不得。奥菲利娅，快，快从那边的门逃走。下次再慢慢讨论吧，今后我会给你上很多课的。对，就是那扇门。这家伙腿脚真快，一阵风似的就跑掉了。看来恋爱会把女人变成杂技演员，哈，这俏皮话听上去真糟糕。"

国王、众侍者、哈姆莱特

王："啊，哈姆莱特。开始了，战争开始了。我刚收到消息，雷欧提斯乘坐的船已经成了牺牲品。据说，该船行至卡特加特海峡附近时，挪威军舰忽然凭空出现，当场便向他们开炮。我方的船是一艘商船，不耐炮轰，但雷欧提斯很勇敢，他训斥并激励了惊惧的船员，自己端枪站上甲板，把子弹全打光了。敌人的炮弹命中我们的桅杆，顷刻间船帆便熊熊燃烧起来，更有一发炮弹击中船腹，随着一声沉闷的巨响，船腹炸裂，船身倾覆，陷入绝境。直到此时，雷欧提斯才命人准备逃生小船，先把四五个船客抱上小船，又命令有家室的船员避难，他自己和五六名身强力壮不要命的年轻船员一起留在船上，个个拔剑出鞘，等待敌兵来袭。据说，雷欧提斯已有必死的觉悟，他如赫拉克勒斯般泰然自若，誓不教敌方一兵一卒靠近祖国的船只。敌舰上的人望见这位勇者的英姿，吓破了胆，只能在我们的帆船周围徘徊，等待它自行烧毁、沉没。最终，雷欧提斯悲壮地与船共命运了。真可惜，他不像他的父亲，他是个真正的忠臣，不，他是个不教父亲之名蒙羞的杰出的勇者。我们必须回报雷欧提斯的赤胆忠心。现在，与挪威的长年不睦终于爆发，丹麦也是时候该站起来了。我今早一接到这则急报，立刻便下定了决心。神是站在正义一边的，我们丹麦战则必胜。我等这个机会已经等很久了。雷欧提斯为我们做出了崇高的牺牲，我一定会隆重祭奠他们父子——不，是祭奠雷欧提斯的在天之灵。这是我作为国王的义务。"

哈："雷欧提斯，和我同龄，二十三岁，是我的竹马之友。他有点顽固，易怒，让我有点反感，但他是个好人。他死了？奥菲利娅一旦知道，只怕会当场昏厥，幸好她不在这里。雷欧提斯为了给自己镀金，为将来出人头地做准备，方才启程前往法国游学，便遭遇天降大祸，那一刻，他当即舍弃了自己的野心，为了守护丹麦国的名誉，甘愿牺牲己身而无悔。我输了。雷欧提斯，我知道你讨厌我，我也不喜欢你，奥菲利娅的事情发生后，我甚至很怕你。我们从小到大都在激烈地竞争，互为劲敌，表面上微笑相对，实则彼此憎恶。你是我的眼中钉，但你也不愧是个伟大的人。父王——"

王："这是你第一次叫我父王呢，不愧是丹麦国的王子。为了国家的命运，让我们抛开一切私情吧。今日，我将在这大厅里召集群臣，正式宣战。哈姆莱特，让我看看你这个将军有多出色。"

哈："不，我还是做一个弱小的兵卒吧，我败给了雷欧提斯。波洛涅斯怎样了？他心里也悲痛万分吧。"

王："那是自然的。我打算好好安慰他一番。对了，王后到底怎么了，从今早起就没见过她人影。我让霍拉旭正找她呢，你没见过她吗？今天的宣战仪式，王后不出席可不吉利。果然，这种时候波洛涅斯不在真不方便。"

哈："波洛涅斯他人呢？已经不在王城了吗？他已经动身离开了吗？叔叔，你脸色怎么变了。"

王："我才不关心呢。在这个事关丹麦兴废存亡的关键的早晨，波洛涅斯一人的命运并不重要，对吧？我明确告诉你，波洛涅斯现下并不在王城之中。他是个不忠之臣。至于详情，现在不是说的时候。总有一天，找个好机会，我会堂堂正正、毫不隐瞒地公开。"

哈："怎么回事？莫非昨晚出事了？看叔叔那慌张的模样，似乎不仅仅是战争带来的兴奋。我也一不小心，为雷欧提斯的壮烈牺牲而狂热起来，忘记了身边的纠纷。叔叔也许是想借这次战争来掩饰自己的内疚，说不定，这事居然——"

王："你一个人嘟囔什么呢。哈姆莱特！你是个笨蛋！大笨蛋！胡闹也要适可而止，战争可不是玩笑和游戏。整个丹麦，现在只有你的态度这么不严肃。既然你还在怀疑，我就认真回答你。哈姆莱特，城中的传言是事实。——不，说我毒杀了先王是错的，我只是有一晚偶起歹意，仅此而已，尚未付诸实行，先王就猝然病故了。哈姆莱特，即便如此你也要惩罚我吗？都是缘于爱情啊。尽管很不甘心，但确实如此。好了，哈姆莱特，我全都说了。你打算惩罚我吗？"

哈："你不如去问神。啊，父亲！不，叔叔，我不是在叫你，我有我的父亲。——可怜的父亲，在一众肮脏的叛徒的包围中微笑着的父亲。叛徒，看剑！"

王："啊！哈姆莱特，你疯了吗？拔剑还没等挥舞呢，就把自己的左脸劐开了。真是个笨蛋。喂，你流血了，脏兮兮的。你这究竟是演的哪出戏啊。我还以为你要砍我呢，不料剑尖一转，居然割伤了自己的脸。你这是在练习自杀呢，还是新型恐吓呀。奥菲利娅的事你不用担心，真是个笨蛋。当你凯旋时，我一定让你娶她。没必要哭。战争一旦开始，你也是一方的指挥者，哭得那么厉害，会失去部下的信赖哟。啊，血都流到衣服上了。来人，带哈姆莱特去包扎一下。也许是因为战争的兴奋而失去理智了，真是个不争气的家伙。哦，霍拉旭，有什么事？"

霍拉旭、国王、哈姆莱特、众侍者

霍："请原谅我如此惊慌！唉，王后陛下她，在庭园的小河里——"

王："投水自尽了吗！"

霍："我去晚了。王后陛下身穿丧服，右手掌心里紧握着一柄银质小十字架，看来是决意赴死的。"

王："软弱。本该助我的人，却在这关键时刻行此愚蠢自私之举。非我之罪！是她太软弱，敌不过别人的看法。真可怜，唉！有人抱憾而死，有人却在忍辱求存。死的人太任性了。我不要死，我要活下去，成全我的宿命。神一定会爱我这样的孤独者。我要变强！克劳狄斯，忘掉爱情吧，忘掉虚荣吧，为了丹麦国的名誉这一至高无上的旗帜，去战斗吧！哈姆莱特，我肚子里有个人比你哭得还惨呢。"

哈："难以置信。我将一直秉持怀疑，直至死去。"

女人的决斗

第一章

我决定下笔一试，只写六章，每章十五页稿纸。我想知道这样做结果如何。例如，这里有一本鸥外[1]的全集，——当然是借的，我怎会有藏书呢。对于世间的学问，我向来是鄙视的，大抵没什么了不起的。尤其可笑的是，只有那些不学无术的文盲，才憧憬这世上的学问，也不知几时得了鸥外的准许，俨然以其弟子自居，迭声连唤“老师，老师”，噘起樱桃小嘴，低眉垂眼，口称“鸥外老师所言极是，学生受教了”，好像多么值得钦佩似的，坚信自己将高尚姿态扮得毫无纰漏，其盲目的自信简直可怕。这种事在装模作样的场合中比比皆是。这些人是如此可怜，反而令鸥外茫然无措，面红耳赤。“受教了”是商人爱用的措辞，据说商人专用这句话代指贱卖。如今，演员也开始

① 指日本文坛大家森鸥外。

常用了，例如曾我廼家五郎[1]，还有某个电影女演员。他们根本不知为何要用这类说辞，总之爱把"受教了"当口头禅来扮高深。这对他们来说，也许不算什么，只是生活的便宜法门，不该加以非难，然而在我看来，倘是作家，则大可不必一读鸥外就肃然起敬，装腔作势地说什么"受教了"。若被问到至今究竟读过何种书，说来甚是心虚。这里有一本鸥外的全集，是我借来的，一起读一读吧，必定教诸君连呼有趣。其实鸥外一点也不难懂，他总是轻描淡写，平易近人。反倒漱石[2]才无聊呢。以为鸥外难解、深奥，贴出皇皇禁令，警告俗众不可轻易与之接触的人，正是常把"受教了"挂在嘴边的女士，或是在毕业十年之后，仍珍藏着大学时的某某教授的讲义笔记，一有机会便拿出来，嘀咕着"美非丑，丑非美"之类的废话，只因大量罗列外国人名，写出一篇又臭又长的论文，就得意扬扬、镇定自若地说什么"若无学问，何出此文"的所谓研究班的学生。那些人终归是可怜的无学之辈，但奇怪的是，世人却视之为"智者"敬畏有加。

连鸥外也嘲笑他们。鸥外曾在文中笑称，有一次他去看戏，见舞台上端坐一名肤色白皙的武士，张口便说："好，且待某来

---

[1] 曾我廼家五郎（1877—1948），日本喜剧演员、喜剧作家，被誉为日本近代喜剧第一人。——译者注

[2] 夏目漱石（1867—1916），日本作家，被誉为"国民大作家"，在日本近代文学史上地位崇高。代表作有《我是猫》《哥儿》《虞美人草》等。——译者注

品鉴此书。"鸥外不禁愕然。

诸君现在和我一起读鸥外全集，丝毫也不必紧张。首先，我是个比诸君低劣数等的无学之徒，从不好好看书，总是躺着东读一页西读一页，态度很不端正。所以，诸君亦可躺下来和我一起读，不必端坐为难自己。

这里有一本鸥外的全集。前面说过，是我借来的，所以我们应该郑重对待，可别读到某处有所触动，就在那里的句子旁边画红线。既是借来的书，必须好好珍惜。我们打开《翻译篇·第十六卷》看看吧，里面有许多优秀的短篇小说。先看一下目录。

《怀璧有罪》HOFFMANN[1]

《孽缘》KLEIST[2]

《地震》KLEIST

后面还有一长列，约四十篇，全是看标题就很有趣的短篇小说。读卷末的解说可知，该卷收录了德国、奥地利、匈牙利的作品。许多原作者的名字我都闻所未闻，但这种事大可不必

---

[1]　霍夫曼（E.T.A.Hoffmann,1776—1822），德国小说家。代表作有《魔鬼的灵丹妙药》等。另，此处及下文所列作品名均基于日文译名转译。——译者注
[2]　海因里希·冯·克莱斯特（Heinrich von Kleist,1777—1811），德国剧作家、诗人、小说家。代表作有《破瓮记》《彭忒西勒亚》等。——译者注

在意，便是稀里糊涂地看，这些小说也各有妙趣，至少开头都很高明。开头写得巧妙，是作者的"体贴"，而只挑选体贴的作者的作品翻译，则又是译者鸥外的体贴。鸥外自己的小说，开头也都很巧妙，写得平易近人，读来十分顺畅。我觉得，他是一个对读者很体贴、很有爱的人。我们从这第十六卷中，找出两三个巧妙的开头吧。由于都很巧妙，难以选择，我几乎想把这四十余篇的所有开头都列在这里。不过，诸君若购得鸥外全集，或像我一样从别处借阅，则自然不难理解，故我有意克制，只给你们看七个——不，八个。

《埋木》OSSIP SCHUBIN[①]

当比利时独立报登出"阿尔冯斯·德·斯特尔尼氏将于十一月来访布鲁塞尔，亲自指挥新曲《恶魔》的合奏"这则报道时，市民为之侧目。

《父亲》WILHELM SCHAEFER[②]

---

① 奥西普·舒宾（Ossip Schubin,1854—1934），奥地利小说家。真名阿洛伊西亚·基施纳（Aloisia Kirschner），Ossip Schubin 是她从屠格涅夫的小说《海伦娜》借用的化名。——译者注
② 威廉·舍费尔（Wilhelm Schafer,1868—1952），德国作家。代表作有《中断的莱茵河之旅》等。——译者注

除我以外，此事再无人知晓。原本知情的当事男性，已于去年秋天身亡。

《金杯》JACOB WASSERMANN[①]

那是一七三二年年底，英国正由乔治二世政府执政。一晚，更夫在伦敦城里巡夜时，于圣殿酒吧附近发现一位年轻的姑娘倒在路边。

《单身汉之死》SCHNITZLER[②]

敲了敲门。寂然无声。

《你终将归来》ANNA CROISSANT-RUST[③]

一群海鸥恰自脚下腾起，一面发出尖锐的、似贪婪的叫声，一面匆匆飞越湖水，跟跄而去。

---

① 雅各布·维瑟曼（Jacob Wassermann,1873—1934），德国作家、小说家。代表作有《毛里求斯案件》等。——译者注
② 亚瑟·施尼茨勒（Arthur Schnitzler,1862—1931），奥地利剧作家、小说家。代表作有《古斯特少尉》《艾尔泽小姐》等。——译者注
③ 安娜·克罗桑-鲁斯特（Anna Croissant-Rust,1860—1943），德国女作家。代表作《死亡》等。——译者注

《怀璧有罪》AMADEUS HOFFMANN

当曼特农公爵夫人集路易十四的宠爱于一身而令世人震惊时，有一出入宫中的年迈女学士，名叫玛德琳·德·斯科德里。

《劳动》KARL SCHOENHERR[①]

二人皆年轻健壮。男的叫卡斯帕，女的叫瑞吉，他们彼此相爱。

以上是我随意翻书，翻到哪页算哪页，只列出了开头第一行，不分先后顺序。如何？写得很好吧？看了还想往下读吧？要讲故事，至少得从这样的开头讲起才像话。最后再举一个，这一个在众多杰出的开头中亦是佼佼者。

《地震》KLEIST

在一六四七年智利王国首府圣地亚哥发生大地震前夕，有一少年倚槛而立。他叫杰罗尼莫·鲁吉拉，生于西班牙，现下已对人世绝望，意欲自缢。

———————

① 卡尔·舍恩赫尔（Karl Schoenherr, 1867—1943），奥地利作家。代表作有《地球》等。——译者注

如何？这势如裂帛的气魄如何？克莱斯特确实是个大天才啊。从这第一行，作者那雄壮如火柱般的热情便已直冲云霄，纵是我等凡夫俗子亦能清晰感知。译者鸥外也拼尽了全力，其译文如弓弦紧绷，张力十足，相当精彩。文末附有一段译者的解说，曰："《地震》一篇乃于尺幅间纳无限烟波之千古杰作。"

不过，我现在想谈的是另一篇。在第十六卷这一册之中，就有以上种种杰作，犹如一座宝库，还没读过的人，赶紧跑去书店购买吧，读过一遍的人，可以读两遍，读过两遍的人，不妨读三遍，倘不想买，也可以借。下面，我想讲讲第十六卷中的《女人的决斗》这一篇仅有十三页的小短文。

这是一篇非常不可思议的作品，作者是 HERBERT EULENBERG，当然，不学无术的我并不知道该作者。在卷末解说中，关于作者也无任何记载。解说者是小岛政二郎先生，作为小说家，他是我们的前辈，我上初中时就爱读他的短篇集《新居》。他编纂这本鸥外全集似乎很有诚意，但他好像并不擅长德语，在这一点上，恕我直言，他和我一样不学无术，五十步笑百步罢了。小岛先生其实什么也没解说，这显然又是其谦逊所致，编纂者并未采取"且待某来品鉴"式的学究态度，这是其长处，但在我看来，他若能稍查一查字典，将原作者的性格为人传达给读者，对我这种不学习的人来说会更方便。总之，这个作者一定不大出名，只要记住他是十九世纪的德国作家即可。我有个朋友是德国文学教授，我问过他，他回答不知道，还说我可能记错了，也许是 ALBERT EULENBERG 或 ALBRECHT EULENBERG。我说："不，确实是 HERBERT，看来并不是多么有名的作家。"反复拜托他帮我查一查人名词典之类的资料。朋友回信说："恕我孤陋寡闻，不知赫伯特·欧伦贝格其人，当真惭愧。这个名字在迈尔大字典①里也查不到，好像不是有名的作家。我查文学词典，才了解到以下事项。"他体贴地将那人的著作年表详细抄录下来寄给了我，但内容乏善可陈，尽是些闻所未闻的作品。总结如下：《女人的决斗》的作者 HERBERT EULENBERG 是十九世纪后半叶的德国作家，名声不显，就算是日本的德国文学教授，不查词典也不得而知，森鸥外钟爱其不可思议的才华，译述了他的短篇小说《塔上鸡》及《女人的决斗》。

关于作者，了解这些知识想必足矣。我纵然写得再详细，诸君看过就忘，那也无济于事。关于该作，只知系由鸥外翻译，后来曾在单行本《蛙》中惊鸿一现，至于最早发表在哪本杂志上等，则一概不明。鸥外全集的编纂者似乎也曾多方查考，于卷末附记曰："遍寻无果，若得垂教，吾之幸甚。"我若知道，那就有趣了，但我不得而知。你也不知，别笑。

---

① 即迈尔百科辞典，德国十九世纪著名的社交词典派百科全书之一。——译者注

不可思议之处，不在这种事上，而在作品本身。接下来，我打算围绕这篇仅有十三页的小短文，分六章做种种尝试。若是 HOFFMANN 或 KLEIST 这样的大师，对其作品加任何注释都是不被允许的。仅在日本，这些大师的狂热拥趸就达五万之众，我若肆意改动其作品，但有一个闪失，恐怕立刻就会被人打倒在地，轻易不可乱讲话。但若换成 HERBERT 先生，我说不定反而会博得人们的赞许，夸我发掘了一个被埋没的天才，所以说，赫伯特先生也真可怜。这位作家当时在其祖国一定很受欢迎，只是我们不学无术，不知道罢了。

事实上，从作品来看，其描写之准确、心理之微妙、对神的凝视之强烈，一切的一切，皆属一流中的一流，唯独结构有点草率，使他未能成为第二个莎士比亚。总之，接下来，诸君就和我一起读读看吧。

女人的决斗

这一起史无前例的非常事件，其简短的来龙去脉如下：

俄国某医科大学的某女学生，某晚听完某学科的高深讲义后回到住处，见桌上有一封信，收、写信人的姓名地址一概未具。"一次偶然的机会，让我得知有个男人和你发生了关系。过程无关紧要，我就不细说了。直到前一刻，我还以为我是那男人的妻子。我推测你的人品，认为你绝非那种做事只管结果如何却不为之负责的人，也绝非那种侮辱了一个从未侮辱过你的第三者却试图逃避责任的人。我知道你经常练习射击，而我从未拿过武器，所以我相信，不管你的枪法如何，至少比我厉害。

因此，我要求你在明天上午十点钟，带上手枪到下面指定的火车站来。这个要求虽然由我提出，但并非对我更有利，我们之间是公平的。我不会带见证人，希望你也别带人去。顺带一提，关于这件事，我相信没必要向那个男人吐露。我已随便找个理由，打发他今明两天出远门了。"

这段话后头，详细写明了约见地点。署名康斯坦茨，名字下方的姓氏已被擦去，但尚可辨读。

211

第二章

上回写道："名字下方的姓氏已被擦去，但尚可辨读。"这一句所暗示的心理之微妙，我不想赘述说明，读者可自行赏鉴。这里写得相当不坏。另外，关于劈头那封信，全文都散发出女人的"生猛"的憎恶感，与其说是令我们佩服原作者的艺术技巧，不如说是直接让我们感受到了现实的血腥气势。这样的意趣，究竟是艺术的正道还是邪道，对此本应发生种种议论，但我们现在不谈这个，再稍稍往下读一读这篇不可思议的作品吧。无论如何只能认为，原作者是以新闻记者一样的冷酷心态如实记录眼前正在发生的怪事的。紧接着写道：

　　　　写这封信的女人，一寄完信，就径直去镇上找了一家卖枪的店，说笑般地对店主说："我想买一把既轻巧又好用的手枪。"后来渐渐聊得起劲，女人给谎言添油加醋，说自己跟别人打赌，遂拜托店主教她如何开枪射击。然后，女人和店主一起来到阴暗沉寂的后院。当时，女人努力让自己像拿着手枪跟在身后的店主一样谈笑风生。

后院一侧有家印刷厂，所以院子里的空气带有铅的味道。这一带房屋的窗户，都被尘土染成了褐色，尽管窗户里头看不见人影，但在女人的心里，那每一块玻璃后面，似乎都有人在偷窥她，脸上带着好奇的神情，仿佛在说："大快人心。"她蓦然留神一看，只见后院深处通向一个古树林立的园子，那里立有一个靶子，好似一颗圆睁的黑眼珠。看到那靶子，女人的脸一阵火红一阵灰白。店主像教小孩认东西一样，将扳机、装子弹的转轮、枪管、瞄准器一一指给女人看，教她如何射击。每射击一次，转轮就像玩具一样转动一格。然后，店主把手枪交给女人，让她开始射击。

女人按照店主的指点，试图扣动扳机，然而扳机纹丝不动。店主教她用一根手指扣扳机，她却私自用上两根手指，使尽力气扳动。顿时，耳中轰的一声。子弹击中前方三步处的地面后弹开，又打在了一扇窗户上。窗玻璃咔嚓一声碎了，但这声音女人没听到。一群原本躲在某户人家屋顶上的鸽子，受惊飞起，使本就阴暗的后院在一刹那间变得越发昏暗了。

女人平静得好似聋了，到底还是继续用两根手指扣扳机，练习了约一个钟头。每次开枪都会冒臭烟，女人强忍着胸中的不适，反而主动将烟吸入，仿佛那是她最喜欢的气味。女人的投入，也勾起了店主的热情，在女人打完六枪后，店主立刻把剩余的六发子弹也装入枪中交给了她。

从黄昏练到夜晚，当靶子上的黑白圆环在视野里变成一团灰色时，女人终于停了下来。

女人觉得，身旁这个素不相识的男人，就像一个老朋友。她心想，像开玩笑一样对这个男人说："练到这种程度，应该可以去杀人了吧？"在眼下这个场合大概是合适的，但她的声音似乎会比她的手颤抖得更厉害，所以她决定不说话。于是，女人付了钱，道过谢，便离开了那家店。

自从发现了那件事，女人还没合过眼，所以她想安心睡一觉，便抱着那把六连发手枪钻进了被窝。

看到这里，我们也休息一下吧。如何？只要是经常读一点小说的人，仅仅看到这里，想必就已注意到这篇小说的描写的一些异常之处了吧。一言以蔽之，就是"冷淡"，就是失礼般的"漠然"。要说失礼的对象，便是"眼前的事实"。对眼前的事实作过于准确的描写，反而会令读者不快。发生杀人或更恶劣的犯罪，报纸上会刊登犯罪现场的草图，有一次是在六张榻榻米大的里屋中央，被杀害的妇人的身形，被画成了小小的扫晴娘的模样。诸君可知道吗？那真的很讨厌，我甚至想喊停他们。从这篇小说的描写中，诸君感觉不到那种赤裸裸吗？这篇小说的描写，准确得令人惊讶。请重读一遍。后院一侧有家印刷厂。以我这个穷作家的直觉，这家印刷厂确实就在那里，并不是原作者的幻想。而且，那一带房屋的窗户，确实被尘土染成了褐色。这是确凿的现实。还有，一群鸽子受惊飞起，使本就阴暗的后院在一刹那间变得越发昏暗了——事实也是如此，这是原作者站在女人身后的亲眼所见。有点令人毛骨悚然。当一篇小说的描写直截了当到了不像话的程度时，读者在钦佩之余，也会怀有一种不快的疑惑：太高明了。浸淫过深，亵渎神明，另外也可以有种种说法。对过于准确的描写的疑惑，很快就会转移到对作者的人品的疑惑。差不多该从这里开始变为我（太宰）的小说了，还请读者留心。

《女人的决斗》这一篇短短十几页的小短文，我读到这里，接触到那种血腥生动、精准确凿的描写，在大为震惊的同时，也感到了难以忍受的不快。而对描写的不快，很快就直接变成了对原作者的不快。我甚至感到了颇为失礼的疑惑，怀疑这篇小短文的原作者在写这篇作品的当时，恐怕正处在特别糟糕的心境之中。关于糟糕的心境，可以提出两种假设。一种是臆测原作者在写这篇小说时是不是太累了。人在肉体疲劳的时候，对人生、对现实生活，会变得非常不高兴，很冷漠。《女人的决斗》这篇小说的开头是怎样的呢。我在此不再重述，看过上一章的读者应该立刻就能想起来。可以说，是用一种要揍人的语气写的。那是一个非常高傲的开头，仿佛是把双手揣在怀里说："老子我告诉你！"首先，是这起事件发生的时间，即年号（外国作家似乎有一种叙述再小的事也一定要加上年号的倾向），然后是地点，而原作者对此什么也没说不是吗？"俄国某医科大学的某女学生，某晚听完某学科的高深讲义……"只有这很冷淡的记述，除此之外，无论翻到哪一页，都没有任何地理上的描述。这态度实在粗鲁。作者在肉体疲劳时的描写，必然呈现出骂人般的——有时则是怒吼般的态度，但与之同时，也会蓦然展露出相当狠辣残忍的一面。人类的本性，或许本就是冷酷残忍的。当肉体疲劳丧失意志时，往往会省去任何修辞，直接拔刀斜肩劈斩，一触铠袖即可破敌。真是悲哀啊。《女人的决斗》这篇小短文的描写，有一部分是毫不留情的，以至时时令人感到震惊和厌憎。关于这一点，我想有慧眼的读者应该已经注意到了。作者很累，对人生、对谨小慎微的现实生活，确实进行了粗暴的情感表现。对此，未必是我言过其实。

另一种是非常浪漫的假设，即这篇小说的描写中所体现出的作者那非比寻常的憎恶感（准确地说，是憎恶的一种变形），很可能直接源自他对本作的女主人公进退两难的感情。换句话说，我们可以得出这样一个有趣的假说：这篇小说完全是基于事实材料写成的，而且原作者绝对是这件真实发生过的丑闻的当事者之一。说得更明白点，我们可以嗅出一个可怕的秘密，即这篇小短文的原作者 HERBERT EULENBERG 先生，其本人正是作品中的妻子康斯坦茨女士的丈夫。如此一来，我想就可以清楚地解释在本作的描写中，作者那极其冷酷并因之精准确凿的厌恶目光了。

当然，这是骗人的。赫伯特·欧伦贝格先生是不会惹出那么愚蠢的家庭纠纷的。我想，这篇小短文那准确至不可思议的描写的根据，恐怕尽在于第一个假设。这应该是没错的，但我之所以故意提出第二个骗人的假设，不是因为我要在当下这个场合装模作样地鉴赏名作，而是因为——恕我冒昧，请欧伦贝格先生闭上眼——我想尝试在《女人的决斗》这篇小短文的基础上讲述一个完全不同的故事。我知道这样的态度对赫伯特先生是完全不礼貌的，但出于"正因尊敬所以才敢任性耍赖"这一自古便通行于世的难堪做法，我想请求赫伯特先生的原谅。

那么接下来，我们继续再往下读一点原作，然后对原作的不足之处，我想稍加增补，使之成为一个有点趣味的浪漫故事，尽管这听起来颇为傲慢，而且也确实是一种傲慢之举。在原作中——再往下读一点就会明白，描写的焦点始终集中在妻子康斯坦茨一人身上，几乎未曾提及丈夫及其外遇的对象——俄国某医科大学的某女学生。我姑且强行断定那位丈夫就是这篇小短文的作者本人（尽管这是一次粗暴的尝试），也就是说，我成了妻子康斯坦茨的唯一的支持者，既然作者如此冷酷残忍地描写妻子康斯坦茨，作为报复，尽管我辈力有未逮，我仍打算从下一章起尽我所能尝试刻薄的描写。接下来，我将把原作者的记述再抄录一页左右，然后把我对丈夫和女学生的描写尽可能详细地呈给诸君过目。妻子康斯坦茨在决斗前夜抱着冰冷的手枪入睡，第二天早上，前所未闻的女人的决斗终于开始了。——对此，原作者 EULENBERG 仍以其完美到令人嫉妒的伶俐无情之心做出了如下描述。还请读者稍微看一下，也希望诸君从下一章起能听听我（太宰）的愚蠢的空想。妻子抱着六连发手枪钻进了被窝。第二天早上，原作如下：

　　翌日早晨，在约定的火车站，从火车里走出来的除了两个女人，就只有两个农民。火车站孤零零地伫立在平地上。铁轨像用尺子画出的两条线，发着光一直延伸到远方，在更远的地平线处，仿佛会合在了一起。隔着左边的渐呈金黄的田地，可见一个村庄。火车站即以该村命名。右边是一片沙地上长草的原野，倦懒欲眠似的铺展开去。

两个农民似乎是去城里卖完东西回来，坐在附属于火车站的一家餐馆里举杯庆祝。

因此，只有两个女人默然并肩前行。由妻子带路。那条路越过铁轨，伸入原野。路上长满了暗绿色的草，茂盛得几乎遮盖住了土壤，上面有板车通过留下的两道辙印。

那是夏日里的一个微寒的早晨。天空看起来是灰色的。路上见到的两三棵大树，丑陋地耸立在这阴暗的平地上，恰如森林派出哨兵站岗，却忘了撤回。到处都是低矮的、似缺残的、病恹恹的灌木，欲伸展而不能。

两个女人默然并肩前行。完全像是一对语言不通的外国人。总是妻子先走一步。多半是因此，女学生似乎想说话或发问却只能忍着。

遥遥可见的白茫茫的桦木林，逐渐缓缓地靠近过来。无人照管的银灰色小树，树干恣意扭曲，顶着蓬头般的枝叶，仿若一团乱麻。细小的树叶随风摇曳，互道私语。

第三章

女学生想说一句话："我不爱他。你真的爱他吗？"女学生只想说这样一句话。她气得不行。昨晚从学校疲惫地回到住处，脱下被汗水浸湿的上衣放在桌上，正打算喝点今早晾凉了的牛奶，就在这时，她发现了那封愚蠢透顶的白色的信静静地搁在那张桌上——

一定是未经允许擅自闯进了我的房间。啊，这位夫人疯了。把信读完，蠢得我不禁笑了出来。我决定完全不予理会，把信撕成两半，撕成四片，撕成八片，丢进了废纸篓。这时，他突然走进房间，脸色异常苍白。

"怎么了？"

"被看到了，被发现了。"他似乎努力想强行笑给我看，右颊却不住抽搐，结果只露出了他特有的犬牙。

我觉得他很可怜，"你的妻子似乎比你更干脆。她提出要和我决斗。""是吗，果然。"他不安地在房间里转来转去，"那家伙打心底里想要复仇，企图如此胡来一通，好损害我的名声。我本来还觉得奇怪。昨晚，她用破天荒的温柔语气对我说：'你这个月工作也辛苦了，去乡下玩一玩放松一下。这个月还余出很多钱。看到你疲惫的样子，我也觉得很不好受。这些天来，我也渐渐理解了艺术家的辛苦。'居然用这种话来糊弄我，哈哈，我察觉到她必有所图，便不动声色地同意了，今早，我假装去旅行又折返回去，蹲在我家后院的角落里监视。傍晚，她出了家门，也不知是几时从何处跟谁打听到的，直奔你的住处而来，和老板娘聊了些什么，不久便离开了，这次去了老街，在一家商店的橱窗前一动不动，像被吸附住了似的。橱窗里有剥制的野鸭、鹿角、黄鼠狼皮等，我远远地看着，起初还判断不出是什么店。很快她就进了店里，我才得以放心靠近去看，结果大吃一惊——不，说吃惊是骗人的，或许是一种恍然大悟般的认同感？在剥制的野鸭、鹿角、黄鼠狼皮的饰衬下，十几支猎枪沉甸甸地横陈在橱窗下方，乌黑的枪管发出暗淡的光芒。还有手枪。我都了解。通常很难想象，人生会与枪管的乌光直接联系在一起，但在当时，我那空虚而绝望的内心却深深地沉浸在抒情之中。我觉得，枪管的乌光是绝命诗。砰！店里传出一声枪响。接着，又是一枪。我险些落泪。我悄悄地打开店门，向内窥探，店里空无一人。我走了进去。循着接连响起的枪声，我越走越深入。在黄昏的后院里，只见妻子和店主并肩而立，

225

妻子在店主的指点下，正要向靶子开第一枪。妻子的手枪开火了。然而，子弹击中她前方三步处的地面后弹开，打在了窗户上。窗玻璃咔嚓一声碎了，一群原本躲在某户人家屋顶上的鸽子受惊飞起，使本就阴暗的后院变得越发昏暗了。我感到泪水再次涌上眼眶。那眼泪是怎么回事呢？是憎恶的泪水，还是恐惧的泪水？不不，也许是对妻子的怜悯之泪。总之，这下就明白了。她就是那样的女人。她总是冷冷地忍从，却也因此，一旦决定做什么，就会放手去做，毫不顾忌别人的目光。唉，我有时甚至觉得她那种性格很可靠！她煮芋头很拿手呢。现在危险了，你会被杀死的。我有生以来的第一个恋人要被人杀死了。你大概就是我这辈子唯一的女人了，这么重要的一个人，那家伙现在居然要杀死你。我预见到了这一幕，现在就跑来找你了。你——"

"那可真是辛苦你了。又是有生以来的第一个恋人，又是唯一的宝贝，你到底在说什么呢。归根结底，那只是你作为艺术家的自以为是、自我陶醉不是吗？太讨厌了，快打住吧。我不爱你。你根本不是美男子。我若对你有哪怕一丁点的兴趣，那也是针对你的特殊职业。嘲笑市民，贩卖艺术，然后过着和市民一样的生活——这在我看来，真是一种不可思议的生物，我想探索一下，嗯，就是这么回事，可最后却一无所获。什么都没有，只有一片混乱。我是个科学家，所以会被无法解释的、未知的事物所吸引。我甚至打心底里感到不安，仿佛不彻底弄清楚就会死掉。所以我才被你吸引了。我不懂艺术，也不懂艺术家。我本以为有什么内涵的。我并没有爱上你。我现在才明白了什么是艺术家。所谓艺术家，就是软弱无用的大龄低能儿，仅此而已，换句话说就是智力未发育的残废，无论到多大年纪，都不会再发育了。所谓纯粹，是指白痴？所谓无垢，是指哭鼻虫？啊啊啊，你怎么又脸色那么苍白地盯着我看。讨厌。你还是回去吧。你这人靠不住，现在我明白了。只会惊慌失措，在我面前转来转去，这就是艺术家之所以纯粹的原因吗？佩服。"我大骂了一通连我自己都觉得很没道理的话，强行将他推出门外，砰的一声关了门上了锁。

我一面着手准备粗劣的晚餐，一面再三感到乏味无趣。男人这种生物那吊儿郎当的表情，让我从心底里感到恼火。到底怎么了呢。他偶尔会给我钱，还给我买了冬天的手套，甚至买过更羞人的内衣。但这到底怎么了呢。我是个贫穷的医学生，找来一个人资助我的研究，这怎么就不行呢？我无父无母，但我是贵族的血统。早晚姑妈一死，我就能继承遗产。我有我的骄傲。我不爱他。所谓爱——也包括母爱在内，应当是一种更为不同的、令人感到血脉相连的特殊的情感不是吗？我不爱他。作为科学家，我从一开始就打算独自走我的路，可是为何会突然收到这样一封无礼的、可恶的决斗战书，还有一个年过四十的堂堂男子，哭丧着脸闯进我的房间，简直好像独我一人是十恶不赦的罪人。我不明白。

　　独自吃完寒酸的晚饭，我喝了两杯葡萄酒。饭后的倦怠，会使人陷入一种"无论如何随便吧"的天不怕地不怕的情绪当中。决斗一事，在我想来仿佛成了一种轻松的活动，就像饭后运动一样。不妨试试看吧。我应该不会被杀。据他所说，那女人今天才头一次练习用枪不是吗？而我，在学生俱乐部里一直都是射击冠军不是吗？就算骑在马上也能做到十发九中。我要杀了她，因为我受到了侮辱。听说在这镇上决斗，只要是正当的，官吏判下的刑罚就会极轻，而且不至于损及名誉。在我走的路上，若有烦人的毛虫爬过来，我自然会用手杖将之除去。我既年轻又漂亮——不，尽管不漂亮，但一个靠自己努力生存的年轻女性，一定比一个恋恋不舍地赖着那么无聊的艺术家并把半癫狂的决斗战书摆到我面前的女人更漂亮。没错，是眼光的问题。哎呀，这真是一种非常奢侈的心情。嘿，去公园散散步吧。我的住处后面就是一个小公园，公园里有一只状似幼龟的怪兽，朝天空高高地喷起一道水柱，喷泉周围是池塘，有东洋金鱼在池中游来游去。彼得一世将这样的小公园赠送给全国的大小城镇，以祝贺安妮公主大婚。这些东洋金鱼，据说也是安妮公主的珍贵玩具。我喜欢这个小公园，被它牢牢地吸引住了，就像一只大飞蛾被别针固定在瓦斯灯上。不经意间抬头一看，他居然正坐在长椅上。一定是他知道我散步的习惯，埋伏在这里等我呢。我现在以轻松的心态走到他近前说："刚才对不起，大白痴，"我不能使用"傻瓜"等爱称，"明天来看决斗吧，我会为你杀死你妻子。若不愿来，就请你老老实实地躲在家里，等你妻子回去。若不敢来，我就让你的妻子平安回家。"知道他听我说完是如何回答的吗？他满脸猥琐地笑着，突然收敛笑容，装作若无其事道："啊，什么？你说的话莫名其妙。"丢下这句话，他就走了。我明白。他是想让我杀死他的妻子，但他一点也不想亲口说出来，还想装作不曾听我提起。那大概关系到他日后维护名誉。二女相争，在自己全不知情的情况下，妻子被杀，情妇活了下来。啊，这将是一个多么能让艺术家的白痴的虚荣得到满足的事件啊。他希望见到的情形，是可以怀着怜悯，向我这个幸存下来的罪人伸出安抚之手。这是显而易见的。对于那种没骨气的窝囊懒汉来说，那样的丑闻是最值得自傲的。而且，他还会皱起眉头，抓乱头发，在朋友面前摆出坦白的姿态，说："啊，我很痛苦。"目送他那消瘦的背影隐没在夜雾之中，我耸了耸肩，转身右拐，回到了住处。莫名地悲伤。所谓女性，归根结底，就是一旦来到某个极限，只想抱在一起痛哭的生物吗？我不觉得自己可怜，但我突然觉得他的妻子很可怜。他俩不是必须相濡以沫的关系吗？对那位素未谋面的妻子的共鸣、怜悯、同情或是别的什么情绪，像巨大的鸟翼一样，不停拍打我的胸膛。我打开窗户，眺望星空，喝了五六杯葡萄酒。头晕目眩，啊，仿佛星辰坠落。是了，他一定会来看决斗。他会跟来的，毕竟我先前说过，他若敢来，我就为他杀死他的妻子。他一定会躲在树后偷看，说不定还会轻咳一声，让我知道他已经来了。突然向那树干后面的家伙开枪吧。愚劣的男人死了才好。就这么定了。我扑通一声，重重地躺倒在床上。晚安，康斯坦茨。（康斯坦茨是那位妻子的名字。）

翌日，二女彼此偎依着走在阴沉的灰色天空下。默然并肩而行。女学生从刚才就想问上一句：你爱他吗？真的爱吗？然而，对方简直就像一匹健壮的牝马，鼻孔大张，喘着粗气，一心赶路，十分急迫，仿佛要将追在身后的女学生甩掉一样。女学生看着那位妻子的裙摆下露出的瘦骨嶙峋的腿，渐生嫌恶之心，直欲作呕。"可悲。失去理智的女性的身姿，为何竟散发出如此臭不可闻的动物气息呢。肮脏。低贱。就是一条毛虫。不可救药。在射杀那个男人之前，我还是要带着憎恶先和这个女人一决胜负。我不知道那个男人来没来。似乎躲起来了。无所谓。现在，唯一重要的是眼前这匹愚笨肤浅、丧失理智的低贱牝马。"二女默不作声，一心赶路。不管女学生走得多快，总是妻子领先一步。遥遥可见的白桦林逐渐缓缓地靠近过来。那片森林，便是约斗之地。（以上为太宰所作）

紧接着继续抄录原作：

眼看就要踏入那片森林时，妻子突然站住了。看她的样子，就好像至今一直被人追赶，此时终于下定决心要直面追赶自己的人了。

"咱们各开六枪吧。你先来。"

"好。"

二人的对话只有这两句。

女学生一边用清晰的声音数数，一边走了十二步，然后像妻子那样，站在最边上的一棵白桦树前，直面对手。

周围的草原安静地沉睡着。从火车站传来乒乒乓乓的铎声，恰如钟表走秒一般。走秒或时间如何，二女已经不关心了。女学生所站位置的右手边有一个浅水洼，天空倒映其中，白晃晃的，看上去犹如牛奶洒在了草地上。一棵棵白桦树紧挨着伸长脖颈，默不作声地旁观，似乎欲一睹接下来即将发生的稀罕事。

旁观者不只白桦树，还有那个像二女的影子一样，不知何时已蹲伏在白桦树后的低贱的艺术家。

到这里休息一下吧。最后一行是我加上的。

我的描述拙劣得可怕，这使我不禁面红耳赤，但无论如何，我从女学生和丈夫的角度也试着写了写。我也自知，这是非常概念性的，而且不够严肃，它会玷污原作者欧伦贝格先生的紧密的写实。不过，原作从上一章的结尾紧接着就写道："眼看就要踏入那片森林时，妻子突然站住了。云云。"而我觉得，我若在中间画蛇添足，或许能令《女人的决斗》这篇小说焕发出迥然不同的属于二十世纪的活力，于是便大胆地采用通俗的措辞试写了一番。二十世纪的写实，或许便在于概念的鲜活化，我认为一概排斥亲切、夸张的形容词是不恰当的。一个人既可能因世俗的债务而自杀，也可能因概念上的无形的恐怖而自杀。决斗的经过将在下一章叙述。

第四章

在通告决斗经过和胜负结果之前，我想就那个蹲伏在白桦树后观看二女持枪对峙这一可怜凄惨而又怪异罕见之光景的低贱的艺术家的心怀，尝试作一番思考。我现在暂且称那男人为低贱的艺术家，并非仅局限于他一人，艺术家全体本就是低贱的，而这个男人似乎也在著书，所以作为惩罚，他也被迫加入了低贱的行列。这个男人可能是艺术家里相当高贵的了。首先，他是一位绅士，穿着讲究得体，寒暄平易近人，懦弱的笑容很有魅力。他从不怠于理发，应该也已领会那种似有学问的、虚无的、摇摇晃晃的走路方式，而且最重要的是，他喝酒从不喝到烂醉如泥的程度，这是使他被归类为高雅绅士的决定性因素。然而可悲的是，倘若这个男人也还在著述，就不能只观其外表高雅而疏忽大意。毕竟，艺术家几乎无一例外地具备两个可悲的恶习，其一便是好色之念。这个男人，已过不惑之年，薄有文名，创作天真无邪的恋爱故事，令市井妇女神魂颠倒，看似性格纯洁无垢，实则内心并非如此。关于半老男人的好色之念的炽烈程度，诸君可曾想过？有了一定的地位，似乎也有了名声，这些得到了以后，又觉得无聊，什么都不是；有了不愁生活的财产，也知道了自身能力的上限——嗯，只能达到这个程度吗？当一个人意识到继续勉强努力也无甚大用，自己就要这么渐渐老去的时候，难道不该渴望当下至少来一次冒险吗？关于此种人情之机微，浮士德似乎正在书房里一边战栗一边独语。尤其是艺术家，必然焦躁万分，跺脚不已，跺踏得黑烟蒙蒙。艺术家无一例外，都是天生的好色之徒，因此可以认为，其渴望也是极度强烈的。这不是闹着玩的，尤其这男人是个红毛人①。红毛人的 I love you 当中，似乎蕴含着日本人无法想象的某种直接的情感，"我爱你"这句话，似乎在日本才被认为是精神上的美好，而红毛人，则是将它用在更紧迫的意义上，相当奔放、炽烈。一个上了年纪、看似有思辨能力的男人，其实可能正沉浸在初中生一样的天真的咏叹之中，为女学生的骄矜所吸引，舍弃家庭和地位，表现出狂乱的姿态。这在日本和西欧是一样的，只是在红毛人似乎更甚。由于这一莫名引人产生共鸣的可悲的弱点，这男人现在不得不跟踪二女而来，藏身于白桦树后，屏息关注二女的决斗。这男人还有一个弱点，是艺术

---

① 特指荷兰人，泛指欧洲人。——译者注

家不可避免的通病，即好奇心，换言之，就是想知人所不知的虚荣、想巧妙地表现自己与众不同的功名心，正是这一弱点，驱使他稀里糊涂地来到了决斗现场。有一只怎么都死不了的虫子。自身因爱欲而狂乱的同时，还在努力描写狂乱的模样——这是这些艺术家的宿命，是本能。诸君该知道藤十郎之恋的故事吧。说是坂田藤十郎为了精研演技，假装爱上了一个已婚女子。但我认为，其言谈究竟是否都是谎话，其实不得而知。我觉得这样解释也能成立，即艺术家在呢喃着真爱时，其身体里的那只虫子缓缓抬起头来，渐渐地，虫子的喜悦大增，满堂喝彩从眼前闪过，最终爱欲也消退了。艺术家对表达的贪婪、虚荣、喝彩的渴望实在可怜，令人束手无策。我认为，眼下这个躲在白桦树后，像一只瞄准麻雀的黑猫般全身紧绷的男人，其心境归根结底，也是半老之人的幼稚且无法割舍的"恋情"与身体里的虫子——作为艺术家的"虚荣"之间的纠葛。

啊，停止决斗吧。你俩扔掉手枪一笑泯恩仇吧。各退一步海阔天空。以后回忆起来只是一次小小的纠纷罢了。谁都不会知道的。我爱你俩。我对你俩的爱是一样的。你俩都这么可爱，可不能受伤，我希望你俩别决斗了。——这个男人想是这么想，却不能下定决心从树后纵身跃入二女中间。男人心想，还要再看看事态如何发展。

就算开了枪，也不意味着有一方必死。别说死了，有可能双方连一丝伤都不会受。大抵都是如此的吧。死亡可不是一件轻而易举的事。为何我总是要把事态往最坏的方向去想呢。啊，今早妻子也很美。可怜的家伙，她一直太信任我了。我也有错。我欺骗了妻子太多。我只能骗她，别无选择。若不互相欺骗，家庭的幸福就无法成立。以前我对此一直深信不疑。我一直相信，所谓妻子，就是家里的一个工具。倘若什么事都要一一互相吐露真相，谁能吃得消呀。我一直在欺骗妻子，因此她总是喜欢我。我一向相信，真相乃家庭之敌，谎言才是家庭的幸福之花。这种确信没错吗？难道不是我想错了吗？难道不是存在一个我以前从不知道的严肃的事实吗？妻子肯定是工具，但对她来说，我也许并不是工具。她也许是怀着更令人怜悯、更奋不顾身的念头陪伴在我身边的。妻子不曾骗我。是我不好。但是，仅此而已。我该怎样回应妻子呢？我不爱你，但我决心佯作不知，一辈子不离开你。我曾确信，我们能够相安无事地一道生活下去，可如今，或许已不行了。决斗？多么愚蠢的主意！住手！男人从白桦树后踏出一步，几乎要大叫起来，可他一看，二女正在徐徐抬起持枪的手，转为下一个瞬间就要开枪的姿势，便把叫声吞了回去。当然，这个男人也不寻常。他在当时是颇受欢迎的作家，可以说，是个才智杰出之人。通常，他不会像老好人那般六神无主，张皇失措。他是个傻大胆，觉得你们想决斗就决斗好了，便又躲回白桦树后，凝视事态如何发展。

想决斗就决斗好了，不关我事。事已至此，谁死都是一样。两个人全死了更好。啊，那孩子要死了。我那可爱的、不可思议的生灵。我对你比对妻子更爱一千倍。拜托，杀了我妻子！那家伙碍事！她是个贤妻，就让她以贤妻的身份死去吧。啊，怎样都无所谓。我才不管呢。尽量斗得华丽一点就好。男人现在完全逾越了道义，近似贪婪地凝视着眼前那非同寻常、令人战栗的光景。我正在目睹谁都没见过的东西，这种自豪感。很快就能如实地描写了，这种幸福感。啊，这个男人似乎更多感到的是欢喜而非恐惧，这种欢喜是如此强烈，几乎令他五体麻痹。不敬畏神的这种傲慢、痴梦、我执、对人类的侮辱。所谓艺术，就是需要如此疯狂的冷酷吗？男人成了一个冷静的摄影师。艺术家果然不是人。其心中有一只怪异的、发臭的虫子。人们称这只虫为——撒旦。

开枪了。现在，只有可怜的艺术家的低贱之眼在动。男人目睹了整个决斗过程。日后，他非常自豪地、准确无误地描写了他所看到的一切。以下便是原文。不愧是古往今来的著名描写。请慢慢读，别忘了背后那男人的贪婪的观察之眼。

女学生先开枪了。她平静地缓缓开了一枪，仿佛对自己的技术很有信心。子弹擦过妻子身旁的白桦树，

238

失去动力掉落在地，在某处草丛间藏了起来。

接下来，妻子开枪了，但还是没中。

然后，二人轮流开枪，全神贯注地相互射击。枪声响彻四周，如回声般接连不断。其间，女学生先被冲昏了头，子弹变得始终在高处乱飞。

妻子也热血上涌，仿佛自己已经开了一百枪似的。在她眼中，能够远远地看到女学生身上的白色吊坠。她像昨天瞄准靶子一样，瞄准吊坠射击。除了那个白色的吊坠，她什么也看不见。仿佛一切都已消失，甚至连自己立足的土地都不知道是否存在了。

突然，她也不知自己刚才开没开枪，就见先前看到的白色吊坠掉在了地上。然后，她听到有人用外语说了一句话。

那一刹那，在她眼中，周围的一切都混成了一团。一动不动的灰色天空下的阴暗草原，还有白晃晃的水洼，还有身旁摇摆不定的白桦树，等等。白桦树的叶子，开始在风中窃窃私语，仿佛在害怕这一事件。

妻子如梦方醒，将硬邦邦的手枪扔在地上，卷起和服下摆，逃离当场。

妻子在荒无人烟的草原上忘我地奔跑着。她只想尽可能地远远逃离被自己杀死的女学生所在的地方。

在她身后，女学生横尸在草地上，血流不止，仿佛一眼赤红的泉水喷涌着。

妻子能跑多远跑多远，最终疲惫不堪地倒在了草地边缘的草丛上。由于跑得太急，全身的血脉都在剧烈地跳动。而且，耳中能听到异样的低语声，仿佛在说："你马上就要流血而死了。"

在思考这些事的过程中，妻子逐渐地——而且费了不小的工夫——冷静下来了。与此同时，在草地上狂奔期间所感受到的成功复仇的喜悦，也逐渐变得无趣起来，满腔喜悦不知逃到哪里去了，一如对面那女学生颈上的创口中流淌出的鲜血。想着"这样一来就报仇了"，像被什么东西撵得走投无路的野兽一样，在草地上忘我奔跑时的喜悦，不知何时已然消失，取而代之的是此前未觉的吹透自己身体的冷风。仿佛有一股冰冷的气息，从女学生正在死去的地方传来，将自己冻结。方才还通红滚烫，甚至晃悠悠地在草原中飞翔的野蜂一旦落上去都会被烧焦翅膀的妻子的颟顸，已像大理石般冷却下来。因做成了大事而一直发烫的小手，里面的鲜血也不知都逃去了哪里。

"复仇的滋味居然如此苦涩吗？"妻子倒在地上心想。然后，她无意识地动了动嘴唇，像是尝到了什么涩味似的，不由得绷紧了脸颊。但是，她无论如何都不想站起来去看看那个倒在地上的女学生，或是去照顾她。妻子仿佛被这件事束缚住了身子，连手脚也动弹不得，只以冷淡的心态静待时间流逝。而且她觉得，这期间那个女学生身上应该会流出血来。

到了傍晚，妻子从草地上爬了起来。她觉得身体的各处关节似乎都错位了，骨头和骨头没有正常咬合在一起。疲惫不堪的脑袋里，仍不断地响起开枪声。狭小的脑海中，似乎又一次重复着那场决斗。周围的景物从低矮的草到高大的树，看上去似乎都被染成了黑色。这么想着看着，她突然见到一个女人从眼前走过，仿佛是自己的影子脱离自己的身体飞了出来。那女人穿着黑色的和服，头发呈棕色，一张脸白得发亮。妻子看着自己的身影，恰如可怜别人一样觉得自己的影子很是可怜，不禁放声大哭。

一直活到今天的自己的前半生戛然而止，被割断了，与自己再无任何关系，仿佛变成了一块木板，从自己的身后飘来。而且既不能站上去，也不能拾起来。她一想象今后若还活着，却不知该怎样活下去。妻子看着自己的生活状态在眼前被建设起来，不禁惊恐觳觫，因为它看上去与以前的生活是如此的截然不同。

譬如移民乘船离开故乡的港口时，会突然对他乡产生恐惧，觉得与其被拖入一个陌生的、全新的环境，宁愿把自己扔进这大海的沉默之中。

于是妻子决心去死，她爬起身精神抖擞，掉头朝最近的村子走去。

妻子径直走进村委会，说道："请把我绑起来，我在决斗中杀死了一个人。"

第五章

决斗的经过，在上一章已经述毕，但故事并未就此结束。即使一场大火在一夜之间烧完，火灾现场的骚乱也不会在一夜之间结束，非但不能结束，人与人之间的猜疑、谩骂、奔走、讨价还价，事后仍会久久地留下影响，使人心歪曲至一辈子都无法复原的地步。这场闻所未闻的女人之间的决斗，算是结束了。出人意料的是，妻子赢了，女学生被杀了。一个狡猾而缺德的艺术家，无一遗漏地目睹了决斗的整个过程，并成功地进行了准确的描写，被誉为写实妙手。那么，这件事后来又怎样了呢。首先，读一下原文吧。原文从这里开始，势头似乎也有所回落，不像决斗场面的描写那般张力十足了。这就是原因。到现在为止，那个受欢迎的作家一直像饿狼般跟踪妻子，妻子跑他也跑，妻子驻足他也蹲下，紧盯妻子，观察她的姿态、脸色和心理活动，故而其描写才逼真得足以令人目瞪口呆，但现在决斗已经结束，妻子径直走进了村委会，他没办法继续观察了。倘若在村委会附近徘徊不去，一不小心被人看到，那就麻烦了。比起神的审判，这个艺术家更惧怕人的审判，因此他没有勇气跟随妻子闯进村委会，坦白自己内心的一切。相较于正义，他更爱名声。这或许是没办法的事，未必应该加以指责。人，本就是如此无聊的生物。这个机灵的艺术家看着妻子走进村委会，他驻足片刻，然后出于"不想做蠢事"这一很自然的想法，当即转身右拐，沿着来时的路迅速往回走，坐上火车，若无其事地回到家里，一头躺倒在沙发上。日后又经多方打探，他得以获知妻子后来的情况如下。以下内容当然不是艺术家直接目睹得知的，而是他综合了从许多人那里一点一点听来的消息，并巧妙地加入自己的空想，即所谓说明文，似乎并不是描写文。也就是说，妻子走进村委会自首，承认自己杀死了一个人。

村委会的两位书记听完，看着妻子微笑，因为他们对这种事闻所未闻。尽管有点不知所措，但他们觉得，眼前这位貌似上流夫人的女人根本是在胡说八道，多半是从什么地方逃出来的女疯子。

妻子坚持要求受绑，并详细地描述了自己杀死对手的经过。

然后书记派人前去查看，发现那名女学生大约已在一个钟头前死于颈部枪伤出血。然后在两棵白桦树下的荒僻之处，发现了无言的证人——两把被丢弃的手枪。两把手枪均将它们所能填装的子弹全打光了。如此看来，是妻子所持手枪的最后一发子弹，心血来潮非要击中对方的身体不可，并将这股蛮劲坚持到了最后。

妻子坚持要求将她当场拘留。村委会向她解释，说只要这场决斗是正当的，则妻子应受的处分不过是入狱监禁，无损名誉，但妻子始终坚持要求将她当场拘留。

妻子似乎并不想保存自己的名誉。就在不久前，她还为名誉赌上了一条性命，但如今，拥有名誉的生活仿佛变成了真空，住也住不得，连呼吸都没法子，宛如遭到了驱逐、排挤。正如死掉的东西已经没用了一样，妻子似乎忘掉了过去的生活，像是把之前辛辛苦苦记住的语言之外的一切事物都忘得一干二净。

妻子被押送至市里接受了预审。在暂被收押进拘留所后，妻子反复恳求监狱长、法官、警医和僧侣，希望不要和那个一直作为自己丈夫的男人当面对证。不仅如此，她还请求别让那个男人来见她。然后，她交代了各种秘密口供，又故意交代自相矛盾的口供，将预审延长了两三个星期。后来才发现，其招供乃是有意为之的。

一天傍晚，牢房里的妻子倒毙在地。女看守发现后，抱起妻子的尸体搁在了铺位上。当时她吓了一跳，因为妻子的尸体只有衣服的重量。妻子死时穿着和服，恰似小鸟死时羽毛完好。后经检查遗体并询问周围的人，发现妻子是被关进牢房后绝食而死的。似乎，她有时会当着别人的面吞下拘留所提供的食物，以免被人认为她不吃饭或被迫吃，但马上又会吐出来。正如那名女学生因颈部创口流血不止而枯萎死亡一样，妻子也因绝食，身体逐渐枯萎而亡。

妻子也死了。她似乎从一开始向女学生提出决斗时便早有死志。关于妻子那令人同情而又一意孤行的心理，将在下一章做精细的阐述，现在，我要专门谈谈妻子的丈夫——这篇短小但精准的《女人的决斗》的作者、无比卑怯的艺术家——后来的境遇。女学生喊了一句外语后死了，妻子也以一种几乎等同于自杀的方式离开了这个世界，唯独三人中罪孽最为深重的艺术家偏偏不死，反而执笔写下"死时穿着和服，恰似小鸟死时羽毛完好"，将妻子的悲惨的死亡形容得十分美好，与己无关似的，感觉就像往棺材里扔了一束花一样慈善，道貌岸然。这实在太不可思议了。艺术家果然都这么冷淡，连内心深处都已化作一个照相机了吗？我想否认，但总之，现在和诸君一起，就这一难题再作一番思考吧。在调查妻子的同时，这个缺德的艺术家当然也应该被传唤到市法院，接受了预审检察官的极尽挖苦的讯问。

——您好，这真是一场可怕的灾难啊。（检察官让艺术家在椅子上落座后说道。）您夫人的口供，在道理上根本讲不通，这让我们很为难。她究竟为何决斗，您应该知道吧？

——我不知道。

——可能是我没说清楚，抱歉。您应该有头绪吧？

——头绪？

——您认识那个作为第三者的女学生吧？

——第三者？

——不，抱歉，是同您夫人决斗的对手。咱们都是绅士嘛。

——认识。

——什么？认识谁？要不要抽根烟？您似乎是个老烟枪了。都说香烟是思索之翼嘛。我的妻子和女儿正抢着读您的作品呢，是那本名叫《法师的结婚》的小说。我也打算这几天拿来读一读呢，天才真令人羡慕啊。这个房间有点太热了，我讨厌这个房间。打开窗户吧。您一定很不舒服吧。

——我该说什么呢？

——不，不是那个意思。我没想过那么失礼的事。我们都到了这个年纪，会觉得世间很荒唐。没办法，毕竟彼此都是弱者。太荒唐了。我一直在这所法院和自家之间往返，就是沿着林荫道来来去去，蓦然回过神来，才意识到已过去二十年了。我想体验一次冒险。不，我不是在说您。在您身上发生了很多事情啊。哎，听到了吧。囚犯们在唱歌呢，是《锡安的女儿》……

——说说歌词！

——"献给你，我的爱人。"我甚至不记得那首赞美歌了。不，我无意打哑谜。我不打算从您口中问出什么，请不必如此多疑。我今天也有点厌了，就到此为止吧。

——若是可以……

——哼。因为没有惩罚你的法律，所以我厌了。回去吧。

——谢谢。

——啊，等一下。我只想问一件事。倘若您夫人被杀，女学生赢了，将会如何？

——不会如何。她大概会用剩下的子弹连我也射杀吧。

——您可真了解。这么说，你夫人就是你的救命恩人了。

——我妻子是个不讨喜的女人。她甘愿为我牺牲了，是个利己主义者。

——再问一下，你希望谁死？你当时躲在一旁偷看了对吧？所谓在外旅行是骗人的对吧？决斗前夜，你曾去女学生的住处看她对吧？你希望见到谁死？是你的妻子对吧。

——不，我（艺术家用庄严的声音说道。）一直祈愿她俩都活着。

——是的。这很好。我只相信你刚才的话。（检察官第一次露出洁白的牙齿微笑起来，轻轻拍了拍艺术家的肩膀）不然，我是本打算立刻送你进拘留所的。有一条清楚的罪名，叫协助杀人。

以上便是那位艺术家与老奸巨猾的检察官之间的一问一答，但仅如此，对我和诸君而言都是不够的。检察官似乎相信了"不，我一直祈愿她俩都活着"这句话，决定将这个男人无罪释放，但住在我们心里的小检察官，却是疑心颇重，决不会轻易放过他。这个男人岂非欺骗了预审检察官。"一直祈愿她俩都活着"难道不是谎言吗？这个男人在决斗时躲在白桦树后，岂非有那么一瞬间，他汗流浃背地祈祷"啊，都给我去死！两人都死，不不，只要妻子死！杀了妻子吧"吗？确实是有的。这个男人是忘了吗？或者他分明记得，却出于成熟的社会人所特有的厚颜无耻的所谓通达人情世故之心，装作忘得一干二净，满不在乎地撒谎，连审问的检察官也同样如此，明明已经看穿对方，却认为继续追究显得太孩子气而放弃了，总之只要审问记录符合条理，就不会给政府的文书工作造成麻烦，自己的职责也无大过，比起正义、真相，自己的职业平安无事才是最重要的，无论艺术家还是检察官，作为通达人情世故的成年人，都了解彼此深藏不露的内心，便达成了"我一直祈愿她俩都活着""好，我相信你"的默契不是吗？然而，这种怀疑是错误的。对此，我或有僭越之嫌，但现在必须告诉诸君。男人当时的答辩是正确的。并且，相信他的那句话而将其无罪释放的检察官的态度也是正确的，绝非互相妥协。男人在决斗时，曾祈祷："杀了妻子！"但同时，他也险些大叫："停止决斗！你俩扔掉手枪一笑泯恩仇吧。"人不能把心中时刻闪动不休的一切念头视作真实。似乎有相当多的性格怯懦之人，将并不属于自己的某个卑劣的念头，误以为是自己与生俱来的本性，为此闷闷不乐。不拘是谁，都曾有卑劣的愿望在心头浮现。每时每刻，都有或美或丑的种种念头在心头浮现了又消失，浮现了又消失，人就是这么活着的。因此，只相信唯丑陋者方为真相，忘了美好的愿望同样存于人心，是错误的。时时刻刻闪动不休的一切念头，皆作为"事实"而存在，但指责其为"真相"，则是错误的。真相永远只有一个不是吗？其他的统统可以不信，可以忘记。那个艺术家从众多浮游的事实当中，挑选出唯一的真相，给出了权威的回答，检察官也相信了。他俩都是热爱真相并能触知真相的杰出人物不是吗？

那个可怜的、卑屈的男人，随着逐渐深入的思考，似乎也一点点地改变了为人的定位。眼看着一个本以为的恶人逐渐向善，实乃最大的快事。在辩护的同时，我也想顺带就这个男人身体里的虫——作为"艺术家"的无情——尝试作一番思考。非止他一人，所有艺术家的肚子里，都有一条怎么也不死的虫子，以冷酷之眼满不在乎地观察着最大的悲剧。这在上一章、上上一章，都已指责过了，但连这指责，我也想撤销给诸君看。一切都是为了助人。慈善许是我的本性。D老师告诉我们："只相信唯丑陋者方为真相，忘了美好的愿望同样存于人心，是错误的。"无论何事，似乎都可以把自己朝着好的方向去解释。现在，对于我以前的假设，即艺术家有非人的部分，艺术家的本性是撒旦，我有另一种反论，现在就告诉诸君。

——我知道有一个声乐家，叫卢西恩。他在未婚妻临终之际，陪伴床前，听到未婚妻的妹妹在一旁浑身颤抖放声大哭，他在由衷地对未婚妻的死亡深感悲痛的同时，也注意到未婚妻妹妹的涕泣在发声技巧上存在缺陷，他突然产生一个念头，觉得恐怕需要适度的训练才能使涕泣变得更加动人心弦。然而，这位声乐家不堪忍受与未婚妻死别的悲痛，在未婚妻死后不久也去世了，而未婚妻的妹妹依照世俗规矩，在服丧的最后一天，便毫不犹豫地脱掉了丧服。

这一段不是我写的，是辰野隆老师翻译的法国人利伊尔·亚当先生的小故事。请将这个短小的真实故事再读一遍。请慢慢读。薄情之辈，在容易落泪的世人当中反而居多。艺术家很少哭，但他们已悄然击碎了自己的心脏。面对人类的悲剧，眼、耳、手都是冷的，但胸中的热血却汹涌澎湃，甚至到了难复旧观的程度。艺术家绝非撒旦。如此想来，对那个卑劣的丈夫似乎也不至于大加非难了。尽管他用冷酷的双眼观察妻子杀人的现场，用平稳的双手对此做出描写，但他的心一定悲愁断肠不是吗？在下一章，我将阐述这一切。

第六章

终于到了最后一章。每章十五六页稿纸，我觉得自己这半年来，似乎一直在写无聊的事。对我来说，其间有种种回忆，还有作为自身体验的感怀，也已悄悄地融入故事深处，以免读者轻易发现。所以对我个人而言，我相信这将是一篇令我永远深爱的作品。或许在读者看来无甚趣味，但我觉得我已做出一些新的尝试，所以要在这一章与读者们告别，我是很不舍的。尽管归根结底只是作者的愚蠢的感伤，但被杀死的女学生的鬼魂、因绝食而逐渐枯萎死去的妻子的遗容、独自幸存的缺德丈夫的懊恼的身影，在这两三天里，像影子一样无言而执拗地跟住我不放，都是事实。

在这一章，我们就把原文全部读完吧。然后再做说明。

——调查了妻子遗物，并无书信留下。既没有同一直作为丈夫的男人告别的信，也没有向孩子辞别的信，只给那个仅仅来过牢房一次的牧师留了一封未写完的短信。牧师是纯粹想拯救妻子的灵魂，还是为了满足好奇心，不得而知，但不管怎么说，他确实来过一次。妻子写这封信的初衷，似乎是为了避免牧师二度前来，也就是说，她想对牧师避而不见。这封信的字里行间，隐隐反映出了女人写信时的烦闷心境。

　　"前些天您来时，曾提及那位耶稣基督，似乎对他格外尊信，我以他的名义拜托您，别再来问我了。请相信我说的话。在我想来，耶稣若还活着，大概会阻止您来找我。我知道，耶稣会像昔日受命站在天国门口的那位天使一样，手持燃烧的长剑，将企图进入我所在的牢房之人留下。我不想走出这间牢房，再回到我曾逃离的原来的天国。纵然天使用玫瑰花绳缠住我的身体，试图拉我进去，我也不想回去。之所以这么说，是因为我在那里流的血，就像我在决斗中杀死的那个女学生的伤口里流出的血一样，已经回不去了。我不再是人妻，也不再是人母。我再也当不成了，永远当不成。我希望你们所有人都能真正理解并尊敬这饱含泪水的两个字就好了。

　　"我走进那个阴暗的后院，有生以来头一次尝试开枪时，已经做好赴死的思想准备，同时我明白了，我所瞄准的目标，正是我自己的心脏。之后每开一枪，我都尝到了自己撕裂自己的快感。这颗心脏，原本一直在丈夫和孩子身边，像秒针一样持续跳动，跳过了昔日的时光。现在，它已被无数的子弹击穿，怎能把这样的心脏带回原来的地方呢。即使您是主本人，也不能让我回去。就算是神，也不能说'鸟儿啊，变成虫子'。就算已先行了断那鸟儿的性命，他也不能这么说。不能让我活着回到原来的道路上，也是同样的道理。我认为即便是您，也无法以人类的语言做这种事。

"我按自己的意志前进，所行之远，是您的教义所禁止的，而且对身后的足迹，我头也不回，看都不看一眼。对此我很清楚。然而无论是谁，都不能告诉我说，你的爱的方式不对，换一种方式去爱吧。您的心脏在我的胸腔里放不下，而我的心脏也不适合您的胸腔。您可能会说我是个不知谦逊、私欲强烈之人，但以同样的权利，我也可以说您是个心胸狭隘、低三下四之人。您不能用您的尺度来衡量我，因为我不够那尺度，就说我出格。在您和我之间，对等的决斗是不成立的。彼此手持的武器不同。请别再来找我。我真诚地拒绝。

"对我来说，我的恋爱就像包在我身上的皮一样。假如在那皮上出现一点污点，或留下半道伤痕，我无论如何都不能不将它治愈。当我知道那恋爱受了非常大的伤害时，我不要让它久久缠身，腐烂而死，我想有意识地站直了死。我想让那名女学生亲手杀死我。我知道这样一来，我的恋爱就会洁净地被对方公然夺去。

"我意识到，假如反过来，当我胜出时，我只能挽救我的名誉，而无法挽救恋爱。正如所有的不治之创，恋爱的创伤只要不死就无法愈合。这是因为，无论哪种恋爱，一旦受到伤害，恋爱之神就会遭受侮辱，并要求以牺牲作为报偿。虽然决斗结果和预期的不一样，但无论如何，我可以自豪地说，我没有卑躬屈膝、迫不得已地将自己的恋爱交给对方，而是带着名誉主动打算交给对方的。

"请以尊敬圣人的毫光般的心态，来尊敬胜利者额头上的桂冠。

"请慰劳我的心脏。请像您尊信的神一样，让我大胆地、伟大地死去。我想独自将我所做的事带到神的面前。我想作为有名誉的妻子将它们带过去。就像被钉在十字架上一样，我被自己的恋爱钉住了，众多创口血流不止。这样的恋爱在这个世界上该如何评价，对于身处这个世界的人妻而言，是正当的恋爱吗？我想若今后进入第三期生活，或许就会明白了吧。在我出生于这个世界之前的第一期生活和出生之后所经历过的第二期生活中，没人教过我这个。"

写到这里，那个罪孽深重的艺术家扔下了手中的笔。在——抄写妻子遗书中那些强烈的话语的过程中，他遭到了异样的恐惧的袭击。他觉得脊梁骨仿佛被雷击中了似的。现实人生充满暴力的严肃性，以几乎败兴的程度，被如此明确地呈现在了他的眼前。他根本想不到，自己一向多少带着轻蔑的态度，以为不过是个女人而已的那个妻子，生前居然一直怀着那么可怕、那么不计后果的祷念。他完全无法想象，对于女性而言，现世的恋情居然可以如此执着，足以将人烧成灰烬。直到现在，他才明白地看清了一个不需要生命也不需要神，只祈祷对一个男人的恋情可以完成，活在半癫狂中的女人的模样。他本是个蔑视女性的人，一直以为自己知悉女性的浅薄。女性活着想被男人爱抚，想被男人称赞。利欲熏心、淫荡、无知、虚荣、至死都在畸形的幻想中挣扎、贪欲、轻率、自以为是、无意识的冷酷、厚颜无耻、吝啬、算计、不分对象的媚态、愚蠢的自大，除此之外，他还一直以为自己了解女性的所有恶德。非女人不能理解的心态是不存在的。荒谬。女人绝不神秘，我一清二楚。女人就像猫。这位艺术家将这些不可动摇的断定藏在心底，表面上佯作不知，不管是自家妻子还是别的女人，他都以八面玲珑、和蔼可亲的态度去对待。另外，这个不幸的艺术家甚至根本不承认女艺术家。看到当时谄媚的批评家们对女性作家的两三本著作献上"女性特有的感觉、非女人所不能的表达、男人理解不了的心理"等惊叹之词，他总是在内心窃笑。这不都是对男人的模仿吗？看到男作家们基于空想创造出来的女性，女人愚蠢地入了迷，以为这才是我们女人的真实形象，硬是要把自己强塞进那个虚假的女性的模子里，然而悲哀的是，她们的身躯太长腿太短，没用的脂肪也太多了，尽管如此却不自知，以格外滑稽古怪的姿势姗姗而行。男作家所创造的女性，终究只是作家本人的不可思议的女装形象。不是女人，其中蕴含着男人的"精神"。可是，女人反而对那不自然的女装形象满怀憧憬，对腿毛浓密的女性大加模仿。滑稽至极。自身本是女人，却抛弃了女人的姿态和声音，刻意效仿男人的粗暴举动，"学习"他们的粗犷的嗓音和措辞，然后模仿男人的"女音"，刻意憋出嘶哑的嗓音说"我是女人"，实在复杂得可怜，弄得不阴不阳。分明是女人，却蓄胡子，一边捻着胡须，一边说"女人本是……"，声音喑哑混浊，听来别扭极了，教人受不了。其中没有分毫所谓女性特有的感觉。非女人所不能的表达也完全不存在。至于男人理解不了的心理，就更不用说了。女人本就是模仿男人的，果然还是不行。——这是这位中年艺术家的坚定不移的想法。但当下，在一个字一个字地抄写自己妻子那宛如烈焰喷薄的爱情主张——尽管那体现了妻子的愚蠢——这个过程中，他觉得自己仿佛看到了迄今全然不知的女人的心理——不，或许该说是女人的生理，以一丝不挂的赤裸裸的姿态，看到了那血腥而又可爱的一心一意的思想。以前不知道。所谓女人，竟是怀着如此迫切的祈愿活着的吗？愚蠢是毫无疑问的，但这种狂热而直接的希求，却有些可怕，教人笑不出来。女人不是玩具、芦笋、花园之类的易与之物。这种愚直的强大，反而与神不相上下，存在非人的部分。他真的为之震惊了。把笔一扔，躺在沙发上，他试着回想自己和妻子迄今的生活，以及决斗的经过，也不按什么顺序，想到哪儿算哪儿。他"啊、啊"地一一理解了：我一直当妻子是工具，但对妻子而言，我却不是工具。通过妻子当时的姿态和无言的行动，我好像彻底明白了，我是她活着的唯一的目的。女人是愚蠢的，但在某种意义上又是奋力拼命的。女人的奋力是如此露骨，到了怎么也不浪漫的程度。女人的真相，是怎么也写不成小说的。不能诉诸笔端。这是对神的侮辱。原来如此，女艺术家们先是乔装成男人，然后再次乔装，扮作女人，这样复杂的手段倒也可以被人理解。倘若毫不作伪地彻底揭露女人的真身，便是一只没有艺术或别的什么，只知道奋力拼命的愚蠢的虫子。人们对其只会屏息凝视，没有爱，也没有欢悦，只会觉得败兴。在这篇短篇小说中，我努力试图准确无误地描写女人的真身，但还是罢了。我彻底失败了。女人的真身，是写不成小说的。不能诉诸笔端。不，有些东西是我不忍落笔的。罢了。这篇小说失败了。我以前不知道，女人竟是如此愚蠢、盲目且因而半癫狂的可怜的生物。完全不正常。女人都是——不，不说了。唉，所谓真相，是多么败兴啊。男人突然想死了。他内心毫无波澜地站起身，"坐在桌前，随手写下二三行诗以纪念当时偶然在记忆中复苏的曾游览过的苏格兰的风景，随手拿过一本新刊书籍读了几页，一边嘟囔着'别这么忐忑不安'，一边从小桌子的抽屉里取出手枪，在旁边的沙发上悠然落座，然后将枪口对准胸膛，扣动了扳机"。——如果说这就是那个缺德的丈夫的结局，就同利伊尔·亚当先生的那篇著名的短篇小说的结局一模一样了，多少也散发出浪漫的气息来，但在现实中，绝不会偏巧如此想得开，这位见过了那败兴而强力的真身的艺术家，会站起身，摇摇晃晃地走出家门，在附近稍作散步，很快又回到家里，紧闭房门，然后躺倒在沙发上，心不在焉地望着房间角落里的菖蒲花，然后再度徐徐起身，将水壶里的水浇在菖蒲花盆里，然后——不，没什么值得一提的事了，第二天、第三天，至少在表面上仍只是继续着平静的作家生活而已。至于失败的短篇《女人的决斗》，他也装作满不在乎，之后很快就在报纸上发表了。批评家们一面指摘该作品在结构上的不足，一面不忘盛赞其描写之生动。看来，成为佳作已是板上钉钉。然而，艺术家似乎对这些批评也无动于衷，依然心不在焉。然后，令人惊讶的是，他开始尽写相当无聊的通俗小说了。艺术家曾一度目睹那可厌又可怕的真身，由此对人生的观察也越来越深刻，其作品也被认为锋芒内敛，然而现实似乎未必如此，反而丧失了愤怒、憧憬、欢悦，选择什么都无所谓的白痴的生活方式，这位艺术家从那以后，也变得尽写松散、肤浅的通俗小说了。曾被世上的批评家们用最高级的美言加以盛赞的那种精密的描写，在后来的小说里已然遍寻不见。财产逐渐增多，体重也照以前近乎翻了倍，还赢得了街坊邻里们的尊敬，并与知事、政治家、将军平等论交，于六十八岁寿终正寝。其葬礼之奢华，直到五年后仍被街坊邻里们津津乐道。他并未再娶。

这就是我（太宰）的小说的全貌，当然，这是对 HERBERT EULENBERG 先生的原作的不可饶恕的冒渎。原作者欧伦贝格先生绝非像我此前所言，是个缺德的艺术家。我应该已经再三否定过了。我相信，他一定是个好家庭里的好丈夫和好父亲，忍受着谨小慎微的市民生活，将一生奉献给了严格的艺术精进。我先前也说过，基于日本无名穷作家的"正因尊敬所以才敢任性耍赖"这一相当自私的借口，现在我请求原谅。即使是开玩笑，但把别人的作品当垫脚石，甚至捏造足以伤害作者人格的丑闻，这罪行也绝对不轻。不过，正因为对方生于很久以前的一八七六年，而且是外国的大作家，我才敢任性做出这样的尝试，若换成日本当代作家，则无论如何都绝不是可以原谅的了。此外，正如我在第二章详细说明过的，可能是出于原作者肉体疲劳的缘故，原作有许多草率敷衍之处，感觉就像把素材直接抛了出来，与我所认为的"小说"相去甚远。最近在日本也是如此，将素材不加雕琢直接呈现的作品作为"小说"似乎非常流行，但我偶尔读那些作品，总是觉得"唉，真可惜"。这么说或有夸口之嫌，但我有时确实觉得，倘若给我这样的素材，我能写出很优秀的小说。素材不是小说。素材只是空想的支柱。到目前为止，我之所以面红耳赤地努力写出很蹩脚的六章，也是为了将我的愚蠢的想法的实证呈现给读者过目。我错了吗？

这是一篇非常混乱的小说。我是刻意努力写成这样的。为此，我布置了许多机关，有暇的读者，还请慢慢查阅。我甚至想把真正的作者彻底隐藏起来，教读者摸不清其所在，但若得意忘形滥用浮薄才能，则下场必然凄惨。会遭受神罚。对此，我打算保持适度。总之，若读者读了我的这篇《女人的决斗》，能比原作更切身、更生动地对妻子、女学生和丈夫三人的思想产生共鸣，就算成功了。究竟成功与否，还请读者诸君自行决定。

我认识的人里，有一位四十岁的牧师。他生性善良，对圣经似乎有相当深入的研究。他从不随便提及神的名字，屡次来拜访像我这样的恶德之人，即使我在他面前喝得酩酊大醉，他也从不骂我。我讨厌教会，但他的说教我经常听。前些天，那位牧师带来很多草莓苗，亲手种在了我家的狭小的庭院里，很快就种好了。之后，我让这位牧师读了妻子的那篇遗书，问他有何感想。

"倘若是你，会如何回答这个妻子呢？这位牧师似乎无比遭人轻视，这样好吗？你对这遗书怎么看？"

牧师红着脸笑了，很快收起笑容，用清澈的眼眸直视着我：

"女人一旦坠入爱河，就再也上不了岸了。旁人只能眼睁睁地看着。"

我俩羞赧地露出了微笑。

女人训诫

辰野隆老师的《法兰西文学的故事》一书中，有这样一段意味深长的文字：

　　故事发生在一八八四年，所以并非无比久远。在奥弗涅的克莱蒙费朗市，有一位叫作西布利博士的眼科名医。他通过独创性的研究，从实验上证明，人类的眼睛很容易和兽类的眼睛对换，而且在兽类中，猪眼和兔眼最近似人眼。他在一名盲女身上尝试了这种破天荒的手术。他以猪眼说出来难听为由，决定用兔眼作为接眼的材料。奇迹实现了，那名女子从那天起再也不必用拐杖探索世界了。她凭借兔子的眼睛，恢复了俄狄浦斯王①所抛弃的光明世界。这一事件似乎

① 希腊神话中的俄狄浦斯王因无意间弑父娶母而悲愤交加，自刺双目而盲。——译者注

在社会上引起了相当大的轰动，据说当时的报纸也登载过相关报道。然而几天后，据说由于眼部接缝化脓——多数人认为恐怕是手术时消毒不充分所致——她再度失明了。当时有一位同她关系亲密之人，后来是这么跟别人说的：

我见证了两个奇迹。第一个自不用说，是与传说中的奇迹意义相同的奇迹，是依靠科学实验而非信仰完成的。然而，这并不是一个令人惊诧万分的现象。第二个奇迹对我来说更加稀奇，也就是在拥有兔眼的那几天里，她一见到猎人就必定逃跑的现象。

以上就是老师的文章，我这样抄写下来一看，不禁觉得其中加入了老师巧妙捏造的神秘，可谓随处可见。猪眼最近似人眼之类的说法，实在太痛快了。但总之，既然这段文字采用了严肃报道的形式，则只能姑且予以信任，不然便是对老师失礼。我要对其全部深信不疑。这份不可思议的报告中，尤其重要的一点在最后一行。现在，我想尝试就女子一见到猎人就必定逃跑这一事实作一番思考。她接眼的材料是兔眼，想来定是养在医院里的家兔，而家兔应该是不会害怕猎人的，甚至从未见过猎人。若是住在山中的野兔，或许知道对待猎人不可疏忽大意，对其敬而远之便也是理所当然的了，但我想博士不会特意深入

270

山中，挥汗如雨地捕获野生的兔子用于实验。肯定是养在医院里的家兔。而家兔那从未见过猎人的眼睛，为何会突然识别猎人并对其产生了恐惧呢？这里有些许问题。

答案很简单。害怕猎人的不是兔眼，而是拥有兔眼的她。兔眼什么都不知道，但拥有兔眼的她，却了解猎人这一职业的性质。在拥有兔眼之前，她就听说并知道猎人的残虐的性质。也许在她家附近就住着一个老练的猎人，那猎人是尤其擅长捕野兔的名人，她也许听猎人本人或其妻子说起过猎人今天从山里捉回十只野兔，昨天捉回十五只的事。这样一来，答案就显而易见了。她接上了家兔的眼睛，得以看见这个明亮的世界，其内心非常渴望珍惜这对兔眼，以至对自己曾有耳闻的兔子的敌人——猎人——憎恶、畏惧，最后发展到避之唯恐不及。换句话说，不是兔眼把她变成了兔子，而是她太珍爱兔眼，以至于心甘情愿地变成了兔子。在女性当中，这种肉体倒错的情况似乎非常普遍。对于同动物之间的肉体交流，她们平静地予以肯定。某个英语私塾的女学生，为了准确地发出 L 这个音，据说每周都要吃两回炖牛舌，这也是同样的例子。西洋人之所以能够准确并轻而易举地发出 L 这个音，是因为他们自古以来便一直吃牛肉。因为吃牛肉，所以牛的细胞在不知不觉间移植到了人身上，使得人的舌头变长了几分，就像牛舌一样。因此，她为了准确地发出 L 这个音，便每周狼吞虎咽地吃两回炖牛舌。

她似乎认为，牛舌头比牛腿肉等更能直接作用于舌头，从而生效。令人惊讶的是，最近她的舌头明显变长了，L的发音也变得和西洋人的发音几乎一模一样。我也只是听说，从未直接见过那位勇敢的女学生，所以现在向诸君报告，我多少感到有些羞赧，但我认为这是有可能的，因为女性的细胞同化力确实惊人。曾经有一位夫人，只要戴上狐皮围脖就会突然变得满嘴谎言。她平时是一位相当谦逊矜持的夫人，可一旦戴上狐皮围脖出门，立刻就会变成狡猾至极的骗子。根据我在动物园的细致观察，狐绝不是品行恶劣的狡猾的动物。倒不如说，狐是内向、谦恭的动物。我认为，说狐会化形之类的传言，对狐来说，是荒唐至极的冤罪。狐若真能化形，就不必在那么逼仄的笼子里过着转来转去、狼狈不堪的生活了，大可变成蜥蜴，轻松逃出牢笼。而狐做不到这一点，可见它不是会化形的动物。言过其实。那位夫人似乎也单纯地盲信狐是骗人的动物，每次戴上围脖，都会刻意变成骗子给大家看，尽管并没有人要求她那样做，真是辛苦她了。不是狐把夫人变成了骗子，而是夫人心甘情愿地将自己同化成了她想象中的狐。这个例子同先前那个盲女的故事也有酷似之处。兔眼非但一点也不怕猎人，更从未见过猎人，是拥有兔眼的女人特意畏惧猎人。狐并非骗人的动物，是拥有其毛皮的夫人特意骗人。两女的心理状态几乎相同。前者比真正的兔子更像兔子，后者也比真正的狐更像狐，二者还都浑不在意，可谓奇怪。另外，女性皮肤的过度敏感、泛滥而不可收拾的触觉等两三个事实，也能作为明白不过的例证。据说某电影女演员为使肤色变白而拼命生吃乌贼。这是一种愚昧的迷信，她以为生食乌贼，其细胞就能与自身的细胞同化，从而确保柔软、透明的白色肌肤。然而令人不快的是，风传她的尝试已经成功了。到了这个地步，已然分不清真假对错了，只能为女性感到可怜。

能变成任何东西。有一个外国故事，说北方灯塔看守人的妻子将撞死在灯塔上的海鸥的羽毛制成一件白色小坎肩。她是一位贞淑可爱的妻子，但自从将那件坎肩穿在和服里面，她就突然失去了冷静，其性格带上了卑微的浮游性，与丈夫的同僚发生了不正当关系，终于在一个冬夜，她登上塔顶，像鸟儿展翅般张开双臂，纵身跃入了撕咬岩石的怒涛之中。这位妻子恐怕也是心甘情愿地化身成了可悲的海鸥。这是何等惨事啊。在日本，也自古便流传着不止两三起猫变成老太婆引发一家骚动的例子。但仔细一想，那也一定不是猫变成了老太婆，而是老太婆发疯变成了猫。真是恬不知耻的姿态啊。那老太婆的耳朵稍微一碰就会抖动不是吗？喜欢吃油炸食物和老鼠，或许也未必便是夸张。女性的细胞完全可以很容易地转化为动物的细胞。故事变得越来越阴森，越来越令人不快了。我最近正在深入思考美人鱼这种生物的实在性。自古以来，美人鱼皆为女性，未曾听闻有男人鱼出现，传说似乎仅限于女性。这里便存在解答的线索。我想可能是这样的：一晚，她忘了该守的修养，将一条巨大得令人毛骨悚然的鱼吃光了，后来不知为何，那条鱼的身影便印在了她心中。深深地印在心中挥之不去，正是其肉体细胞开始变化的证据。她立即加快速度，对海边的思恋已到了心急如焚的地步，赤脚冲出家门，一头扎进海里，腿上生出密密麻麻的鳞片。她扭动身体，搔了两下、三下，哎呀，身体已变成奇怪的人鱼。我想大概就是这样的顺序吧。据说女人天性善泳，凭着肉体的脂肪，可以轻易浮在水上。

教训："女性不可忘记该守的修养。"

和风译丛·太宰治系列推荐

本书收录太宰治最具代表性的小说《人间失格》《斜阳》以及文学随笔《如是我闻》。

《人间失格》是太宰治最后一部完结之作，日本"私小说"的金字塔。以告白的形式，挖掘人性深处的懦弱，探讨为人的资格，直指灵魂，令人无法逃避。

《斜阳》写的是日本战后没落贵族的痛苦与救赎，"斜阳族"成为没落之人的代名词，太宰治的纪念馆也被命名为"斜阳馆"。

《如是我闻》是太宰治针对文坛上其他作家对其批判做出的回应，其中既有对当时文坛上一些"老大家"的批判，也有为其自身的辩白，更申明了自己对于写作的看法和姿态，亦可看作太宰治的"独立宣言"，发表时震惊文坛。

《惜别》是太宰治以在仙台医专求学时的鲁迅为原型创作的小说。创作这部作品之前，太宰治亲自前往仙台医专考察，花了很长时间搜集材料，考量小说的架构，用太宰治的话说，他"只想以一种洁净、独立、友善的态度，来正确地描摹那位年轻的周树人先生"；因而，在书中，读者可以看到鲁迅成为鲁迅之前的生活、学习经历及思想变化，书中的周树人，亦因太宰治将自己的情感代入其中，而成为"太宰治式的鲁迅"形象。

本书同时收录《〈惜别〉之意图》《眉山》《雪夜故事》《樱桃》《香鱼千金》等 5 部中短篇小说。

时间宝贵，我们只读好书。

和风译丛·太宰治系列推荐

本书收录了《秋风记》《新树的话语》《花烛》《关于爱与美》《火鸟》等六部当时未曾发表的小说。这部小说集是太宰治与石原美知子结婚后出版的首部作品集，作品集中表现了太宰治对人间至爱至美的渴望，以及对生命的极度热爱。像火鸟涅槃前的深情回眸，是太宰治于绝望深渊之中的奋力一跃。

本书收入《小丑之花》《狂言之神》《虚构之春》三部长篇小说，构成《虚构的彷徨》。并附《晚年》中的三部短篇《回忆》《叶》《玩具》。

《小丑之花》发表于 1935 年 5 月的《日本浪漫派》。翌年，《狂言之神》经佐藤春夫先生的推荐，发表于美术杂志《东阳》的十月号，《虚构之春》经河上彻太郎先生的推荐，发表于《文学界》的七月号。此三篇，依花、神、春的顺序，构成了长篇三部曲《虚构的彷徨》。

和风译丛·太宰治系列推荐

　　本书主要选取太宰治生前出版的作品集《晚年》中的经典作品结集而成，收入《鱼服记》《列车》《地球图》《猿之岛》《麻雀游戏》《猿面冠者》《逆行》《他非昔日他》《传奇》《阴火》《盲草纸》等 11 部中短篇小说。

　　本书收入太宰治的《富岳百景》《女生徒》《二十世纪旗手》《姥舍》《灯笼》等 9 部中短篇小说及随笔。

　　《富岳百景》写法别致，为多数日本高中语文教科书所选用。它以富士山为中心，多种角度地描写了富士风景，每种风景都寄托了太宰治的情感。

　　《二十世纪旗手》的副标题"生而为人，我很抱歉"已成为广为流传的一句名言。

时间宝贵，我们只读好书。

和风译丛·太宰治系列推荐

　　本书收入太宰治的《盲人独笑》《蟋蟀》《清贫谭》《东京八景》《风之信》等9部中短篇小说及随笔。

　　《东京八景》是太宰治的青春诀别辞。《盲人独笑》则通过一个盲乐师的日记，写出了他面对苦难人生的乐观。《蟋蟀》则通过一个艺术家妻子的口吻，申告了太宰治自己对艺术、成功与富有的独特看法。

　　本书收入太宰治的《黄金风景》《雌性谈》《八十八夜》《美少女》《叶樱与魔笛》等13篇小说及随笔。

　　《黄金风景》通过女佣阿庆对纨绔少爷始终如一的体谅与宽慰，写出了太宰治对女性之美的崇敬。《懒惰的歌留多》通过对懒惰之恶的深切反思，写出了振聋发聩的"不工作者，就没权利，自然会丧失为人的资格"。

和风译丛·太宰治系列推荐

　　本书创作于第二次世界大战期间。在战争硝烟的笼罩下，作者一家人不得已进入狭小的防空洞中躲避空袭。父亲为了安抚躁动不安的小女儿，将日本传说进行改编并讲给女儿听，于是便有了《御伽草纸》这本传世经典。

　　"人生总是在上演着这样的故事，这就是所谓的人性悲喜剧。"太宰治根据《去瘤》《浦岛太郎》《舌切雀》等耳熟能详的日本传说故事进行改编，表现出对人性和现实命运的反思，但在风格上却一改往日的沉郁颓废，转为轻松平和，《御伽草纸》是太宰治笔下少有的温情之作。

此外，本书中还收录《竹青》与《维庸之妻》。

　　根据日本现实主义之父井原西鹤的作品改编，同时注入太宰治的人生哲学，这是两位日本文学家的一次跨时空"合作"。太宰治借西鹤之口揭露现实、剖析人性，在战火下仍然笔耕不辍，为的是在乱世中仍然能使文学精神得到传承。

　　本书作品多描述市民生活中的奇闻异事，从小人物着笔，折射出日本社会的喜怒哀乐，趣味十足而又发人深省。是选择追名逐利还是坚守本心？这是作者留下的问题。至于问题的答案，则需要读者在人生之中探寻。

时间宝贵，我们只读好书。

和风译丛·太宰治系列推荐

　　津轻是太宰治的故乡，他短暂人生中的前二十年都在这里度过。可以说，是津轻成就了如今的太宰治；而当太宰治重游故园时，他也找回了久违的温暖。本书不仅是一部描写津轻风土人情的优秀作品，而且具有极高的文学价值。阅读此书，或许可以让我们通过太宰治的成长之路，得到前所未有的精神力量。

　　《春天的盗贼》收录了《春天的盗贼》《俗天使》《新哈姆莱特》《女人的决斗》《女人训诫》等太宰治的小众作品，题材丰富，表现形式多样，每一篇作品都展现出了太宰治出众的洞察力和文学才能，同时也让我们在阅读中窥见太宰治内心的挣扎和对美与善的一丝希望。

只读

时间宝贵，我们只读好书。

和风译丛·太宰治系列推荐

　　战争时期，太宰治将笔触转向历史传奇，并创造出乱世中的一方净土。本书收录了太宰治为人称颂的翻案杰作《右大臣实朝》《追思善藏》等，是研究太宰治文学风格和艺术水平的重要参考。太宰治用其对情节独特的处理手法，为传统作品注入了新的价值。在明暗意向的交织下，展开了一幅描绘人性的画卷。

　　不论身处何等黑暗之境，内心深处一定会有不灭的希望，太宰治即是如此。总是给人留下颓废、消极印象的太宰治，心中也有柔软的一面。他在逆境之中寻求生命的意义，并鼓励读者勇敢地追寻梦想，保持善良和美好的人性，满怀信心地迎接每一天。《归去来》中收录太宰治数篇真心之作，是太宰治彼时心境的真实写照，也是他留给后人的宝贵精神财富。

时间宝贵，我们只读好书。

和风译丛·太宰治系列推荐

《古典风》收录了太宰治的日常随笔、短篇小说、散记等。题材丰富，形式多样，展现出太宰治在文学领域的多种探索，并在其中融入了太宰治自身对于人生的感悟。这些作品的问世打破了大众对太宰治"忧郁、堕落"的刻板印象，逐渐认识到他作为一个普通人所具有的丰富情感。想要了解真实的太宰治吗？那你一定不能错过这本《古典风》。

"我一定会战胜这个世界的！"这是主人公芹川的宣言，少年总要经历挫折和磨难才能成长，而他们身上最宝贵的便是勇气与希望。芹川的故事正是每一位青少年的真实写照，即使遭遇挫折、经历失意，也不会停下勇往直前的脚步，这才是青春的意义。

《正义与微笑》语言细腻，风格明快，真实地再现了一个正值青春的少年在面临人生选择时的心理变化。一反往日作品的"颓废、压抑"之风，展现出太宰治积极向上的一面。

只读

时间宝贵，我们只读好书。

只读

时间宝贵，我们只读好书。